珈琲屋の人々

遠まわりの純情

池永陽

JN259338

双葉文庫

目次

羨望　5
すれ違い　57
遠まわりの純情　105
居場所　169
今日子の父親　215
中年エレジー　257
希望　307

羨望

アルコールランプに火をつける。

低い音と同時に、炎が立ちあがった。

橙《だいだい》色の綺麗《きれい》な色だ。

行介《こうすけ》は、この色が好きだった。

炎を見ると心が落ちついた。

十分ほど前に中年のカップルが帰ったあと、店内に客は一人もいなかった。行介は視線を落し、右手をそっと広げる。頑丈で大きな手の表面はケロイド状に引きつれて、赤黒く変色していた。

火傷《やけど》の痕《あと》だ。

「人を殺した、手……」

ぼそっと呟《つぶや》き、その右手をアルコールランプの炎にかざそうとしたとき、店の扉の上についている鈴が、ちりんと音を立てた。

誰か客がやってきたのだ。

扉のほうに目をやると、同じ町内で『アルル』という洋品店をやっている、幼馴染《おさななじ》みの島木《しまき》だった。

「行さん、元気か」

屈託のない声をあげながら、島木はカウンターの前に立って眉をひそめた。

「まだ、それをやってるのか」

火のついたアルコールランプを睨《にら》むように見て、カウンター前の丸イスに座りこむ。

「お前さんは立派に罪の償いをすませて、この店をやってるんだ。そこまで自分を苛《いじ》めることはないと思うぞ、俺は」

厳《おごそ》かな声を出す島木に、

「確かに法的な償いはしたが、人間的な償いはそれとは別物で生涯消えるものじゃない。俺はそう思ってるからな」

行介は一語一語、嚙《か》みしめるように言葉を出す。

「生涯消えるものじゃないか――確かにそういう考え方もあるだろう。しかし、だからといって自分の体をとことん傷めつけるなど、本末転倒。俺にいわせれば、これはもう悪癖としかいいようがない」

「悪癖か――」

と行介は苦笑を浮べ、

「悪癖といえば、お前のほうはどうなってるんだ。治ったのか」

とたんに島木の顔に動揺が走る。

島木は自他ともに認める、商店街一のプレイボーイで、これまで何度も問題をおこして周りをはらはらさせている。

「それはあれだ、行さん。何といったらいいのか、ここは一時休戦ということで、いつものブレンドを頼む」

慌《あわ》てた様子で島木はいい、小さな吐息をもらした。

少しして島木の前に湯気のあがるコーヒーが、そっと置かれた。

「熱いから、気をつけてな」

行介の言葉に、島木はふうふう息を吹きかけてコーヒーカップを口に運ぶ。ごくりとひとくち、口のなかに含んだとき、また扉の鈴が音を立てた。

入ってきたのは『蕎麦処・辻井《つじい》』の一人娘で、島木と同じ、幼馴染みの冬子《ふゆこ》だった。

「いらっしゃい、冬子」

機嫌よく行介は声をかけるが、冬子は妙な表情を顔一杯に浮べている。

「どうしたんだ、冬ちゃん。鳩が豆鉄砲を食らったような顔をしているけど」

怪訝《けげん》な面持ちで島木が訊《き》く。

「それがね」

冬子は丸イスに座ろうともせず、

「店の前にきたら、小さな女の子が扉の横で膝を抱えて座っていてね。それで私――」

と早口で話を始めた。

冬子はすぐに女の子の前にしゃがみこみ、

「こんにちは。この店に何か用事があるのかな。どんな用事かな」

優しく話しかけたものの、女の子は無言で何も答えない。

「私はこの店のおじさんとは家族のようなもので、変な人じゃないから安心して話してみて」

さらにこうつづけたという。

「ここのおじさんの家族みたいなものなのか。本当にそうなのか」

女の子はやっと口を開き、男の子のような口調でこういった。

「本当に本当。私は噓《うそ》はいわない――だから、用事があるのなら、私と一緒に店に入ろ」

「駄目っ」

すぐに女の子の声が返ってきた。

「ここのおじさんが入ってもいいっていうまで、わたしはここにいる。だから、おじさんが外に出てくるのを、ここに座って待っている」

なかなか律儀というか頑固というか、口のほうも達者な女の子だ。

「ああ、そういうことなんだ。それなら、ちょっと待っててくれる。ここのおじさんを呼んでくるから」

冬子のこの言葉に女の子は小さく「うん」といってうなずいた。

「小さな女の子が、外で俺を待ってるって……」

話を聞き終えた行介が怪訝な声をあげると、それにかぶせるように、

「じゃあ、ここでぐだぐだいってるより、早くその子のところへ行かないと。そうすれば、すべてがわかるだろうし」

島木が珍しく正論を口にした。

その言葉に行介たち三人は急いで、扉を開けて外に出た。

いた。冬子のいう通り、女の子は扉の脇で膝を抱えて座っていた。

「俺がこの店の主人の行介だけど。俺が出てくるのを待ってるって聞いたんだが、いったいどんな用事なのかな」

たどたどしい口振りで行介は、女の子に訊く。行介は小さな子供が苦手だった。

「ふうん」

と女の子は鼻にかかった声を出して、品定めをするような目つきで行介を見てから、

「じゃあ、まず、私をなかに入れてよ、お尻が痛くなったよ」

催促の言葉を出した。

「あっ、もちろん。どうぞ、なかに入って体を楽にすればいい」

女の子は立ちあがり、開けてあった扉から店に入る。行介は女の子をカウンター席に向かわせた。

背はかなり小さく、まだ小学校には行ってないかもしれない。日に焼けた顔には小さな丸っこい目と、ちょっと上を向いた鼻——全体的には、こまっしゃくれた顔に見えた。

着ている物も粗末なかんじで、洗いざらしのピンクのTシャツに、穿《は》きこんだ大きめのスカート。髪はオカッパ頭で貧しい家の子供に見えた。

「まるで、マンガの、ちびまる子ちゃんだな」

島木のこんな声が聞こえた。

行介は女の子を丸イスに座らせ、両脇に島木と冬子が座った。

「じゃあ、まず、名前から聞かせてもらおうかな」

女の子の前に、行介はオレンジジュースを置く。

「飲んでもいいのか」

じろりとコップを睨んでから、問い質《ただ》すように女の子はいう。

「もちろん、いいさ」

行介の言葉に、よほど喉が渇いていたのか女の子はジュースの半分ほどを一気に飲み、小さく肩で息をした。

「名前は、きょうこだよ」

低い声でいった。

「きょうこってのは、どんな字を書くのかな。あっ、まだ小さいから漢字は無理か」

女の子が、すぐに反応した。

「昨日の、今日子《きょうこ》だよ。大人のくせに、そんなこともわからないのか。ひょっとして、おじさんは莫迦《ばか》なのか」

どうやら頭はいいようだが、この一言で行介はしょげた。

「おい冬子、頼むよ。どうも俺は小さな子供は苦手で、どう扱っていいかわからん」

冬子に助けを求めた。

「今日子ちゃんはわかったけど、苗字のほうはなんていうの、教えてくれる」

すぐに冬子は、機嫌を取るように優しく訊くが、

「いえない」

返ってきた言葉がこれだった。

「いえないって、どうして」

「ママが、余計なことは喋《しゃべ》るんじゃないって」

はっきりした口調でいって、今日子は口をぎゅっと引き結んだ。頑《かたく》なな表情だった。

「苗字が余計なことというのは、要するに出自を知られたくないってことか」

古風ないい方を島木はしてから、

「そうなると、いくつなのか年を訊いても余計なことになるのかな、今日子ちゃん」

独り言のように口にする。すると、

「五歳だよ──」

明確な答えが今日子の口から出た。

「五歳か──そうなると、まだ幼稚園の年長組といったところか。それにしては、はっきりしているというか、頭がいいというか」

島木の感心したような言葉に、

「頭もいいし、覚えもいいよ、私は」

今日子は幾分、胸を張っていう。

「それから、私は今日子ちゃんじゃなくて、きょんちゃんだから。みんなそう呼んでたから、間違えないで」

こまっしゃくれた顔で、命令するようにいった。

「きょんちゃんか──」

思わず行介は口に出してから、

「その、きょんちゃんが、おじさんにどんな用事があるんだろうね」

できる限り優しく、肝心なことを今日子にぶつけた。

「それは……」

といって今日子は一瞬押し黙り、

「ママから、これ、おじさんに」

スカートのポケットのなかを探って、たたまれた一通の封筒を取り出した。行介はそれを右手を伸ばして受け取る。その様子を島木と冬子が食い入るような目で見ている。

封筒から一枚の便箋を取り出し「読むぞ」と行介は声をあげる。

『珈琲屋のみなさんへ。しばらく、この子を預かってください。お願いします。この子は……』

これだけだった。あとには何も書いてなかった。訳がわからなかった。周囲がしんと静まり返った。

「どういうこと、行ちゃん」

最初に声をあげたのは冬子だ。

「わからん、さっぱりわからん。まさに狐につままれたような気持だ」

困惑の声を行介はあげる。

「わからないって……でも、珈琲屋と書かれているし、ここのおじさんに手紙を渡せということなんだから、これはやっぱり行ちゃんに関係のあることとしか考えられないんだけど」

冬子の言葉尻に険がまじった。

そして、隣の今日子の肩を軽く叩いてから、

「きょんちゃん。ちょっとだけ向こうのほうに行っててくれる。これから少し大切な話をしなければいけないから」

奥のテーブル席を指さした。

「うん、いいよ」

今日子はすぐにうなずいて、とことこと奥の席に歩いていった。

「あの子って、隠し子なんじゃないの。行ちゃんの」

冬子が声を落としていった。目が据っていた。

「ちょっと待てよ、冬子。その考えはちょっとおかしいよ」

珍しく行介は高い声を出す。

「何がおかしいのよ。手紙の『この子は……』の次にくるのは、あなたの子供ですっていう言葉なんじゃないの。そこんとこ、ちゃんと説明してよ」

憤怒の形相だった。

「あの子が五歳なら、六年前のことだろ。そのころ俺はまだ刑務所《むこう》にいて、そんなこと

できるはずがないだろ」

　早口で行介はいう。

　とたんに冬子の顔から激しさが抜け、すうっと柔らかく変化した。

「あっ、そうか……ごめん。私の早とちり。つい、頭のなかが真白になって……と、なると」

　じろりと島木の顔を見るが、先ほどまでの険しさはまったくない。

「えっ、何で俺なんだよ。手紙にはちゃんと珈琲屋って書いてあるんじゃないか。俺に関りはないはずだろう」

　はっきりした口調で島木がいう。

「ちょっと待て。確かに珈琲屋とは書いてあるが、その下には、みなさんへとある。これって少し変だと思わないか」

　行介の指摘に冬子はうなずいて、文面を食い入るように見る。

「やっぱりこれは、島木君のこととしか考えられない。そういうことだと思う」

　断定する、いい方をした。

　島木の顔が幾分、青ざめるのがわかった。

「いきなり、島木君の家に子供を送りこめば大騒動になる。それだけは避けたいと、島木君がこの店に入りびたっていることを知ってる人が、珈琲屋のみなさんという遠回しの言葉を使った。身に覚えのある島木君なら、きっと気づくはずだと。それに違いないんじゃない」

すらすらと冬子は絵解きをする。

「どうなの、島木君。身に覚えはあるの、ないの」

島木の顔は真っ青だ。

「だから、あるの、ないの」

冬子の一喝が飛んだ。

「そりゃあ、ないといったら嘘になるけど。しかし、六年前というと……すぐには相手が誰なのか……」

蚊の鳴くような声を島木は出した。

「まったく、島木君はいろいろありすぎるから——とにかく、その女性は五年前に密かに誰かの子供を産んだものの、何か困ったことがおきて、あの子をここに送りこんだ。手紙にはしばらく預かってとあるから、いずれ、その女性はここにくるはず。そのとき、いったいどんな対応をしたらいいのか。そこのところを島木君、よく考えて」

「そういわれても、本当に俺なのかな相手は。身に覚えはあるとしても、予防はしっかりしてるはずなんだけど」

泣き出しそうな表情だった。

「何にしても、あの子をこれからどうするかだ。警察に連れていくわけにはいかないし、かといって島木のところは無理にきまっているし、ということになると、やっぱり俺のところか……」

困惑する行介に、

「心配はいらないわ。あの子は私が預かる。私とお母さんとで面倒を見るから……私の家は母一人子一人だし、もちろん、あの子が承諾すればのことだけど」

きっぱりと冬子がいった。

「大丈夫か。今まで子供の世話なんかしたことないんだろ。それにあの子は、ちょっと変っているし」

不安な思いを行介は口にする。

「強がりをいったり、偉そうなことをいったりするのは、あの子の生活の知恵のような気がする。弱みを見せたりすれば暮していけない過酷な状況のもとで、あの子は育ってきたような気が。本当はもっと……」

ここで冬子は言葉を切った。そして、

「少し臍《へそ》曲がりかもしれないけど、本当は、もっと素直な子だと思う――あの子、ここにきてから一度も笑ってないし、そんな素振りも見せなかった。あの子は何かに耐えているんだと思う。あんな小さな体で、精一杯何かに……私はあの子の笑った顔が見たい、だからね」

一気に言葉を出した。

「そうか、そういうことか。しかし冬子。何度もいうようだが、今まで子供の世話なんかしたことのないお前に、そんな大変なことが……」

気遣いの言葉を出す行介に、

「だからこそ面倒が見たい。一度くらい、母親になった気分を感じてみたい。たとえそれが、ままごとのような母親だったとしても、一度ぐらい」

行介の顔を真直ぐ見た。

両目が潤んでいた。

「冬子、お前……」

胸の奥から何かがせり上がるのを、行介は感じた。


行介はカウンターのなかのイスに座って、天井を見上げていた。

あれから冬子はうちにくるかと今日子を誘い、今日子もそれを承諾して二人は一緒に帰っていった。

はたして二人はうまくやっているのか。一日たったが今はまだわからない。あとしばらくすれば冬子はここにやってくるはずだから、詳しい話は聞けると思うが。

冬子は今日子を称して、過酷な状況で育った子だといった。何かに耐えている子だとも。

行介は自分の右手を広げる。

ケロイド状に焼けただれた、無惨な手だった。殺人という大罪を犯した自分に対する、贖罪のようなものだった。

バブル景気が終る直前。

この商店街にも地上げ屋が横行し、物騒な連中が各店に押しかけ、土地を売れと脅しをかけた。

だが商店街の結束は固く、ほとんどの店がこれを拒否した。その結果、地上げ屋は卑劣な手段に出た。そのとき地上げ反対運動の会長をやっていた自転車屋の娘を、数人がかりで暴行した。

娘はその後、家の梁にロープをかけて首を吊った。智子《ともこ》という名のその娘は、まだ高校二年生、十六歳だった。

そんななか、智子を暴行した主犯格の青野《あおの》という男が珈琲屋を訪れて地上げを迫った。

「けっこういい味してたぜ、あの娘はよ」

と暴行の様子を青野は得意気に話した。聞いていた行介のなかで何かが弾けた。柔道で鍛えた分厚い手で青野の髪をつかみ、何度も店の八寸柱に頭を打ちつけた。

青野は死に、行介は懲役八年の実刑判決を受けて岐阜刑務所に送られた。

刑期を終えて家に帰った行介を何の偏見もなく、快く迎えてくれたのは心臓病で寝たり起きたりの生活をしていた父親と、幼馴染みの島木と冬子だけだった。行介は島木と冬子の協力を得て、閉められていた珈琲屋を自ら修繕して磨きあげ、復活させた。

行介は店内を見回す。

JR総武線沿いにある小さくて古びた店だったが、外面も内部も用いられているのは、がっしりとした樫材《かし》だった。合板ではなく無垢の木がそのまま使われているので落ちつきと重厚感があった。

この店の主人だった父親は、珈琲屋が新しく開店した半月後に病状が急変してひっそりと息を引き取った。

行介はこの店が大好きだった。

ちりんと扉の上の鈴が鳴った。

入ってきたのは冬子だった。すぐにカウンターの前にやってきて、

「いつもの、ブレンド」

と叫ぶようにいって、丸イスに座った。怒っているような顔だった。

「冬子、あの子の様子は……」

急いでサイフォンをセットしながら、行介は恐る恐る言葉を出す。

「きょんちゃんは──」

冬子はくぐもった声を出してから、

「私とお母さんのいうことをしっかり聞いて、おとなしくやっている。今日も昼前はあの子と一緒に子供服を買いに行き、今は部屋で一人遊び」

ふわっと笑ってこう答えた。

冬子は、けっこう楽しんでいるようだ。

「何だ、そういうことか。怖い顔をしてるから、俺はてっきり手こずっているのかと」

行介は、全身から力を抜いて弾んだ声を出す。

「たまには脅してやらないと、行ちゃんは全然成長しない、鈍感すぎる性格の持主だからね」

含みのある言葉を、冬子が口にした。

「何だよ、成長っていうのは」

ぼそっというと、

「成長は成長。人間の義務のようなもの……でもまあ、あれだけ恐る恐る訊いてくるということは、行ちゃんもけっこう、あの子のことは気になっているんだ」

行介の目を覗《のぞ》きこむように見た。

「そりゃあ、まあ。子供の扱いは苦手だけど、決して嫌いじゃないからな」

「へえっ、行ちゃん、子供が好きなんだ。初めて聞いた」

嬉しそうにいう冬子の顔を見て、行介の胸に何となく恥ずかしさが湧く。

「それはそれとして、うまくいってるんなら万々歳で、めでたしめでたしじゃないか」

鼻を右手でこすりながらいうと、

「まあ、そうなんだけど、ひとつだけ問題がね」

低い声を冬子は出し、

「ここにいるときは、けっこう憎まれ口を叩いていたあの子が急におとなしくなっちゃって。優等生になったみたいで、そこが少し気になる」

吐息をもらすようにいった。

夕飯のとき「いただきます」と冬子がいえば今日子もそれに倣《なら》って、すぐに両手を合せて同じ言葉を口に出し、着替えを持ってくればすぐに立ちあがって着替えをはじめるという……一事が万事、決して逆らうことはなく、今日子は冬子と母親の典子《のりこ》のいう通りにしているという。それがやっぱり悲しいと、冬子はいった。

「強がっていたかと思えば急に素直になったりして、そういうのって、あの子の防衛本能みたい。ここを追い出されたら、もう行くところがない、何とかここに置いてもらわなければという」

「あんな小さな子供が、防衛本能か……それは本当に悲しいな。とにかく冬子、まずこれを飲んでだな。熱いから気をつけてな」

行介は冬子に淹《い》れたてのコーヒーを出す。冬子は両手でつつみこむようにカップを持ち、そろそろと口に近づけ、ごくっと飲みこむ。

「おいしいね、やっぱり。ここのコーヒー」

ふわっと笑った。

可愛い笑顔だった。

「でも、きょんちゃんって」

冬子はもうひとくち飲み、

「ここにくれば、またあの憎まれ口を叩くと思う。そのときは優しく見守ってやってね、行ちゃん」

また笑った。

眩《まぶ》しかった。行介は冬子の顔からそっと視線を外し、

「もちろんだ。こうなったら、あの憎まれ口を聞いてみたい気がする。逆に癒《いや》されるような心持ちになれるんじゃないかな」

小さくうなずいた。

「そうね。子供って楽しいね、癒されるね、心に張りが出るね」

嬉しそうにいう冬子に、

「それはそれで、あの子から何か新しい情報は聞き出せたのか。そのあたりはどうなんだ」

行介は質問をぶつけた。

「全然駄目。何をいっても、うんとか、はいとかいうだけで、極力喋らないようにしているかんじ。それもやっぱり、あの子の防衛本能みたい。だから、その点は期待はしないで」

沈んだ声だった。

「そうか。あまり一度に何かを得ようとしても無理だということだな。こうなったら時間をかけてということなんだろうな」

そのとき乱暴な音がして扉が開き、島木が入ってきた。

「ああっ、冬ちゃんもきてたか」

叫ぶようにいって冬子の隣に座りこむ。

「で、あの子の様子はどうなんだ」

行介と同じ質問を冬子にぶつけた。

冬子は行介に話した内容を、語りかけるように島木に話して聞かせる。島木は一切口を挟まず、黙ってそれを聞く。そして、

「あんな子供が、防衛本能か。それは悲しい限りだな」

これも行介と同じような言葉を口にしてから、ぴたっと口を閉ざした。

少し無言の時間が流れた。

「どうしたの、島木君。何だか今日の島木君、ちょっと変」

冬子の怪訝そうな言葉に、

「実は、あれからいろいろ記憶を探ってみてな。ようやく思い出したというか、思い当たったというか」

蚊の鳴くような声を島木は出した。

「それは、あの子のお母さんの件か」

行介は叫ぶように声をあげた。

「ああ、六年前のことだ。俺は一人の女性と知り合って、事をおこした。ひょっとしたらあの子のお母さんは、そのときの女性かもしれない」

低すぎるほどの声でいった。

女性の名前は神谷奈美《かみやなみ》――年は当時三十三歳、旦那と離婚したばかりの女性で、そのときは渋谷のキャバクラに勤めてすぐのころだったと島木はいった。

「キャバクラの女性って、素人好きのお前にしたら珍しいな」

「キャバ嬢になったばかりだったから、まだ初々しさがな。いかにも淋しそうな様子だったから、つい……」

「ついって、その女性とはどれぐらい、つづいたのよ」

呆《あき》れたような声を冬子が出す。

「半年ぐらいだったかな。何となくお互い、会う気がなくなってきて、見舞金というか手切れ金というか……きちんと渡して円満に別れることになったんだが」

島木は両肩を、すとんと落した。

「それで、その奈美さんは、きょんちゃんと顔立ちは似ているの。そのあたりはどうなってるの」

これも冬子だ。

「面目ないが、その女性の顔がどうだったのかよく覚えてないんだ。何といっても六年も前のことだし」

「六年も前というより、手を出した女性の数が多すぎるんじゃないの。商店街一のプレイボーイの島木センセイとしては」

皮肉たっぷりの冬子の言葉にかぶせるように、行介が声を出した。

「その奈美さんとは連絡がついたのか。いったい今、その女性はどうしているんだ」

「何度もケータイに電話してるんだが、電話に出られませんというアナウンスが、流れるだけだ」

島木の声は震えていた。

「行さん、冬ちゃん、どうしよう。もしあの子が俺の子供だったとしたら……俺はどうしたらいいと思う」

重い時間が流れた。

そのとき、冬子のケータイが鳴った。

「ごめん」といって冬子は急いでポケットからケータイを取り出し「お母さんから」と口にしてから耳にあてる。

「えっ！」

すぐに悲鳴のような声があがった。

冬子はケータイを耳から離し、

「きょんちゃんが、いなくなったって。家中を探してみたけど、姿が見当たらないって」

途方に暮れたような声をあげた。

「どこへ、行ったんだろう」

行介は呟くようにいってから、島木と冬子に向かって大声で叫んだ。

「とにかく、冬子の家に行ってみよう。対策はそれからだ」

幸い、客は二人のほかはいない。

行介はカウンターのなかから飛び出し、ぶつかるように扉を押し開いた。

冬子の母親の典子は、厨房のなかで顔色を失っていた。

典子の話では今日子がいなくなったことに気がついたのは、ほんの三十分ほど前。それまでは二階の部屋で、昨日一緒に買物に行ったときに冬子が買ったゲームをおとなしくやっていたという。

「仕事の合間をぬって何回か二階に様子を見に行ったんだけどね――といっても、そろそろ店の忙しくなる時で、準備もあって」

弁解するように、それでも申し訳なさそうに典子はいった。

「じゃあ、そのあとに裏口からどこかに行った。そういうことなのね、お母さん」

念を押すように冬子はいう。

「そうだね……」

これだけ口にして、典子はうなだれた。

「よし、それなら手分けして、商店街を隅から隅まで探そう。見つけたら、ケータイに連絡を入れるということで」

行介の声に冬子と島木はすぐにうなずき、三人は店を出た。

行介は早足で歩いて商店街のあちこちに目を走らせるが、そう簡単には見つからない。かといって、どんな所を重点的に探せばいいのか、見当もつかない。そんな調子で三十分ほどうろうろしていると、ポケットのケータイが音をたてた。冬子からだ。

「お稲荷《いなり》さんの境内で、きょんちゃんを見つけたから、すぐにきて。島木君にも連絡しておくから」

それだけいって冬子は電話を切った。

商店街の裏通りにある稲荷社は、豊川《とよかわ》稲荷の流れをくむ荼枳尼天《だきにてん》を祀った小さな神社で、子供たちの遊び場や周辺住民の憩《いこ》いの場としても重宝されていた。

急いで境内に飛びこむと、今日子が社殿につづく石段に腰をおろし、肩を落してうつむいていた。隣には冬子が座り、何やら今日子に話しかけているが、今日子は顔を上げようとしない。

「無事に見つかって、よかった」

石段に近づいて声をかけると、島木が肩で息をしてふらつきながら走ってきた。額から汗が滴《したた》っている。

「いやあ、久しぶりに走ると、足がもつれて転びそうになる。しかしまあ、とにかく何事もなく見つかってよかった」

倒れるように石段に座りこむ島木から行介は視線を移し、

「何が原因で、きょんちゃんは家を抜け出したんだ、冬子」

肝心なことを冬子に質す。

「それが、さっきからそれを何度も訊いてるんだけど、ただ首を振るだけ。だから行ちゃんたちにも、ここにきてもらったのよ」

途方に暮れた表情で冬子が答える。

「ねえ、きょんちゃん。みんなもきてくれたし、なんで家を抜け出したか、ちゃんと教えてくれる。教えてくれないと、これからどうしたらいいのか、わからなくなってしまうから」

優しく訊くが、今日子は首を振るだけで何も答えない。

「きょーんちゃん」

そのとき島木が、やけに間延びした声をあげた。

「蟬《せみ》の声なんじゃないのかな。蟬の声につられて、ついふらふらと。これは、みんみん蟬の鳴き声だな」

島木はそこで一息つき、

「おじさんも子供のころは、夏になると蟬を追っかけて、よくここにきたもんだよ」

つつみこむような、ふわっとした口調でいった。

なるほど、今まで気がつかなかったが境内に茂る木々からは、蟬の声が喧《やかま》しいほど響いている。しかし、いくら何でも、ここから冬子の店まで蟬の鳴き声が届くとは……が、この言葉に今日子が反応した。

「うん」

と短く答えて顔を上げた。

両目がわずかに潤んでいた。ひょっとしたら今日子は泣き顔を見られたくないために、今まで無言でうつむいていたのでは——。

「そうだろうなあ。蟬の鳴き声というのは子供にとって、心地いい音楽のようなものだからな。おじさんも、この鳴き声が大好きでなあ。思い出すよなあ、きょんちゃんぐらいの年のころを。虫網を手にして、わっさかわっさか、走りまわって」

驚いたことに、島木の一連のこの猫なで声に、今日子の心がほぐれたようだ。ぽかんとした表情で、島木の顔を見ている。

「島木君のプレイボーイたる所以《ゆえん》が、わかったような気がする——さすがだわ」

頭を振りながら、感心したような声を冬子があげたとたん、

「おじさんも子供のころがあったのか。けっこう、ハゲてるくせに」

今日子の毒舌が飛び出した。

「いや、それは。何といったらいいのか、これは」

島木が言葉をつまらせた。

ぐにゃっと顔がひしゃげた。

「そんな面白い顔だったんだ。子供のころの、おじさんは」

神妙な顔で今日子はいう。

ようやく普段の今日子に戻ったようだ。

「蟬の鳴き声につられて、ここのお稲荷さんの境内に入ったのはわかったけど、家を飛び出した理由は何だったのかな」

行介が口を挟んだ。ひょっとしたら、今日子がまた、うつむいてしまうかもしれないという危惧を抱きながら。

「それは――」

今日子がじろりと行介を睨んだ。

「見たから」

ぼそっといった。

「見たって、何を見たの」

冬子が声を張りあげた。

「お母さんを……」

掠れた声を出してから、ぼそぼそと今日子は話し出した。

ゲームがなかなかクリアできず、ひと休みするつもりで今日子が二階の窓から通りを眺めると、道脇に女性が一人立ってこちらを見ていたという。思わず今日子が身を乗り出すと、目が合った。母親だった。

慌てて今日子は階段をおりたが、店の出入口から外に出るのは何となくまずいと思い、裏口にまわって冬子のサンダルをつっかけた。

母親はまだ道に立っていた。が、今日子の姿を見るなり駆け出した。今日子は後を追ったが、大人の足に敵《かな》うはずもなく、稲荷社の近くで見失ったという。

今日子の話を要約すると、こんな状況だった。話し終えた今日子の目は、やはり潤んでいた。

「お母さんは、逃げた」

何かをこらえるように、今日子はいった。

「逃げたって——そうしなければならない事情があったんだと思うよ。決して、きょんちゃんから逃げたわけじゃないから」

すかさず冬子が声を張りあげると、

「わかってる」

怒ったような口調でいい、それっきり今日子は口を引き結んだ。

少しの沈黙が流れた。

「行さん、冬ちゃん」

島木が口を開いた。

「俺、行ってくるよ、今夜」

絞り出すような声だった。

「どこに」

推測はできたが、確認のために行介は訊く。

「渋谷のキャバクラだよ。競争の激しい業界だから、もういないかもしれないし、店が潰れているかもしれないけど、それでも何らかの情報は得られると思う。もちろん、まだ店があって、そこにいれば、はっきりした事実がわかる。結果は明日にでも教えるよ」

「そうだな。行ってくるしかないな」

重い声を出す行介に、

「でも、もし俺の子だったら」

ちらりと今日子に目をやり、さすがに声を低めて島木はいった。

「いったい、どうしたら……」


次の日、島木が珈琲屋にやってきたのは、午後の三時頃だった。

冬子にも連絡がいっていて、二時半にはすでにカウンターの前に座っていた。今日子はおとなしく、二階の部屋でゲームに励んでいると冬子はいった。

青い顔をして、島木は無言で冬子の隣に座りこんだ。

「いつもの、ブレンドでいいんだな」

という行介に、島木は無言でうなずいた。

しばらくして行介は「熱いから気をつけてな」と、湯気のあがるコーヒーカップを島木の前に置く。

島木はなかなか、カップに手を伸ばさない。

「島木、飲めっ。気持が落ちつくぞ」

発破をかけるつもりで行介はいった。

我に返ったように島木がコーヒーカップをつかむ。そろそろと口に運ぶ。少し口に含んで、こくっと飲みこむ。

ふうっと大きな吐息をもらした。

「行ってきたよ」

小さな声でいい、ぽつぽつとそのときの状況を話し出した。

幸いなことに、店はまだちゃんと残っていて営業をしていたという。

カウンターの一番端に座り、当時の記憶を探りながら周りの女の子たちの顔を見回すが神谷奈美らしき姿を見つけることはできなかった。

島木は前に立つ女の子にビールを頼み、

「六年ほど前に、よくこの店にきてたんだけど、当時からいる女の子は誰かまだいるかな」

　懐かしさを装って、さりげなく訊いてみた。すると女の子は宙に目をやり「六年前、六年前」と呟きながら考えていたが――。

「あっ、志織《しおり》さんだ。志織さんなら、確か、そのころから店にいたはず。うちで一番長いから」

「じゃあ、申し訳ないんだけど、その志織さんって子を呼んでもらえるかな。もし店に出ているのなら、思い出話なんかをしたいからさ」

　いかにもすまなそうにいうと、

「いいですよ」

　といって、女の子は島木の前を離れていき、すぐに代りの女の子がビールのジョッキを手にしてやってきた。長いというだけあって、年のほうは三十ちょっと過ぎに見えた。

「今晩は、志織でーす」

　といい、ジョッキをカウンターにそっと置いて綻《ほころ》ばせた顔は、可愛く見えた。

「お客さん。六年ほど前に、この店によくきてたんですか。私、そのころはまだ入りたてで、右も左もわからなかったんですけど、お役に立てるかなあ」

　と首を傾《かし》げる志織に、

「いやいや、他愛のない話をするだけだから大丈夫だよ」

島木はわざと鷹揚《おうよう》にうなずいて笑ってみせる。

しばらく当時の渋谷の様子や、この店の話をしてから「ところで」と肝心の話を切り出した。

「当時この店にいた、神谷奈美さんという女性を覚えているかな」

何でもないことのようにいった。

「神谷奈美さんて——それって他愛のない話なんですか」

志織が、探るような目つきをした。

「もちろんだよ。誰にも迷惑のかからない、実に他愛のない話だよ」

「ふうん。お客さんて、ひょっとして危ないほうの人ですか」

真剣な顔で訊いてきた。

「私がそんな筋の人間に見えるかな」

島木も真顔で答える。

「見えない。というより、その真逆な人のように見える。善良な優しいオジサンに」

オジサンだけは余分だろうと島木は思いつつ、

「だろう。実は奈美さんには、ちょっとした借りがあってね。遅ればせながら、そいつを返さなければと思いたってね」

できる限り、優しい口調で答えると「ふうん」と口に出して志織は穴のあくほど島木の顔を見つめた。

「やっぱり、危ない人じゃないみたい」

独り言のように呟いてから、

「覚えてますよ。ちょうど私と同じくらいの時期に入った人だから。私より、年は上だったはずだけど」

遠くを見るような目でいった。

「その奈美さんだけど、今どこで何をしているか知ってるかな」

単刀直入に訊いた。

「それは無理ですよ。プライベートなつきあいはほとんどなかったですし、奈美さんはここに勤めて、一年ほどでやめてますから。その後は、どこでどうしているのか」

島木の胸がぎりっと軋んだ。

子供ができて体形が変ってきたから、店をやめた……逆算すれば、今日子が自分の子だとしても充分に時間の辻褄《つじつま》は合う。体が小刻みに震えるのを感じた。

「その、奈美さんが店をやめた理由を、志織さんは知ってるんだろうか」

腹を括《くく》って恐る恐る訊いた。

「聞いたような気もするけど、あれは何だったんだろうな……」

ちらっと横目で島木を見た。

知っている――そう感じた。

「何たって、六年も前のことですし。私、けっこう頭悪いですし」

志織の言葉に島木は上衣のポケットに手を入れる。こんな場合のためにと、二枚の一万円札を四つにたたんで忍ばせていた。それを出すと、カウンターの上の志織の手を握る素振りで押しつけた。

志織の目が、ちらっと手のなかの札を見た。

「あっ、そういえば」

小さな声をあげた。

思わず、島木は身を乗り出す。

「どうした」

「子供ができたって、奈美さんいってた」

島木の体が硬直した。

予想がみごとに当たった。

「それで、お腹の膨らみが隠せなくなったから、やめるって。奈美さん、悲しそうな顔でいってました」

しれっという志織に、

「悲しそうな顔で、奈美さんはいったのか」

気になったことを低い声で訊いた。

「私には、そう見えたけどね」

志織は一呼吸置いてから、

「あのときの子供って、ひょっとして、お客さんの――」

いちばんいってほしくないことを、みごとに口にした。

「いや、そうじゃない。もしかしたら私の友人が……と思っただけで、決してそうじゃない」

慌てて否定したが、むろん、向こうにそんな言葉を信じる気配は、まったくない。

それから十分ほどで島木は店を出たが、帰り際に自分の名前とケータイの番号を書いたメモ用紙を志織に渡し、

「もし、何か奈美さんのことでわかったことがあったら、ここに電話してほしい。むろん、お礼はします」

そういって席を立った。

すべてを話し終えた島木は、

「どうしたらいいと思う。行さん、冬ちゃん」

すがるような目を向けてきた。

「それは……俺はそういうことにうといから、さっぱりわからん。きょんちゃんはお前

の子供かもしれんし、あるいは、たまたま誰かとの偶然が重なっただけのことかもしれん」

行介にしたら、歯切れの悪い言葉だった。正直なところ、途方に暮れていた。どうしていいか、わからなかった。

「たまたまっていうけど、それが多すぎる気がする」

冬子が疑うような言葉を出した。

「島木君は、たまたま奈美さんという女性と関係を持ち、そのあと奈美さんは、たまたま子供ができたということで店をやめた。その後奈美さんは、きょんちゃんを産み、五年ほどたって、たまたま昔関係を結んだ島木君に縁のある珈琲屋に、その子を託した──そんな〝たまたま〟がつづくかなあ、それにね、島木君」

冬子は島木を真直ぐ見た。

「昨日、きょんちゃんはお母さんが道脇に立ってたといってたじゃない。ということは、きょんちゃんのお母さんは、先日からこの界隈《かいわい》を見張っていたか、あるいはきょんちゃんの預り先が私のところになると推測していたか、……いずれにしても、奈美さんという女性は珈琲屋と私たちのことをよく知っている人ということが考えられる。そこで島木君に訊きたいんだけど」

冬子は一息入れ、

「半年ほど奈美さんとつきあったとき、珈琲屋とか私や行ちゃんのこととか、いろいろ話して聞かせたということはないの」

一気にいった。

島木がうなだれた。

「いろいろ話した……」

蚊の鳴くような声だった。

「それで、全部の辻褄が合うじゃない。すべてが珈琲屋と私たちに向かって、収斂《しゅうれん》してくることが」

いい終えた冬子が、肩で大きく息をした。

「それはそうだが、反対に、合いすぎるんじゃないのか」

行介は低い声を出した。

「そうね。さっきから私はたまたまとか辻褄とかいってたけど、たまたまは、たった一つ。島木君が奈美さんと関係を持ったということだけで、あとはそれについて回る必然で、決して偶然じゃない」

決定的な言葉を口にした。

「あとは、なぜ五年もたってから、きょんちゃんをここに送りつけてきたか。それだけがさっぱりわからない。もっとも、奈美さんが見つかればすべてがわかるんだけどね」

きっぱりと冬子がいい切った。

「冬ちゃんーっ」

島木が情けない声を出した。

「だから、島木君が一番やらなければいけないことは、もし、きょんちゃんが島木君の子供なら、まず認知をすること。それからその女性を取るか、それとも奥さん——久子《ひさこ》さんが許してくれるのなら久子さんを選ぶのか。その二つに一つ——ここは腹を据えて、じっくりと考えてみないといけないと私は思う」

理路整然と言葉を並べる冬子に、

「冬子、お前はどの選択肢が一番いいと思ってるんだ」

声を落して行介はいった。

「私は——」

冬子は一瞬押し黙った。

「久子さんに謝りに謝って、何とか許してもらい、奈美さんのほうにもきちんと慰謝料を払って、誠意のある対応をする。もちろん、きょんちゃんの養育費もちゃんと払って、行く末を見守る。そういうことだと思う」

「そうだな。何とか丸く収めるには、それしかないかもしれんな」

行介は大きな吐息をついた。

「それにしたって、かなり茨の道ではあるけどね――でも歪《いびつ》な形ではあっても、そうするしかないような気がする」

ちらっと冬子が行介を見た。

「私のときはすべてが壊れて、ばらばらになってしまったけどね」

あの件だ。

行介と冬子は、以前恋人同士だった。

それが行介が殺人を犯して岐阜刑務所に収監されて何もかもが変ってしまった。

冬子は行介の出所を待つつもりだったが父親がそれを許さず、茨城の旧家に強引に嫁がせた。だが冬子は行介が忘れられず、悶々《もんもん》とした日々がつづき、次第に夫婦の仲は冷えていった。そして行介の出所が近づくにつれて、その気持は頂点に達し、冬子は意を決して嫁ぎ先に離婚してほしいと懇願した。強引に冬子の結婚を進めた父親は、そのころすでに亡くなっていた。

だが旧家である嫁ぎ先は体面を重んじて、その願いを受け入れようとはしなかった。そこで冬子は非常手段に訴えた。よく訪れるガソリンスタンドの青年と体の関係を持ち、それを周りに誇示するように振るまった。婚家は離婚を認めざるを得なくなり、冬子は母親だけが待つ東京の家にひっそりと帰った。冬子が誘惑したガソリンスタンドの青年は、まだ十八歳だった。冬子の大きな罪だった。

家に戻った冬子は、出所してきた行介に一緒になろうと訴えた。行介も冬子が大好きだった。だが、その返事は――。

「俺は人殺しだ。人殺しが幸せになるわけにはいかない」

それ以来、行介と冬子はつかず離れずの微妙な関係をつづけていた。

「どう、島木君」

ぼそっと冬子が声を出した。

「随分厳しいことをいったけど、そうでもしなきゃ、島木君は腹を括ることはできないでしょ。いつもの優しさ一杯の八方美人対応で結局、にっちもさっちもいかなくなってしまうから。だからここは心を鬼にしてね。どうなの、私のいったこと、わかったの」

今までの荒っぽい口調は影をひそめ、柔らかな声で冬子はいった。

「よくわかったよ。ここは、冬ちゃんのいった通りにするよ。何とか丸く収めるようにするよ」

神妙な面持ちで島木は答える。

「それを聞いて安心したわ。私のようにはなってほしくないから。ねっ、行ちゃん」

「それは、そうだな」

行介は重い声を出す。

「それにしても、私、ひとつだけ疑問があるんだけどね。島木君が会ってきた志織さんていう人のことで」

妙なことをいい出した。

「何だ、冬子。どういうことだ」

行介は思わず身を乗り出した。

「どう考えても、登場人物として余分なのよ。今度の一連の話のなかに、その人が顔を出してくるのが奇妙に感じられてならないのよ」

「余分っていっても、その人は島木が店に行った結果、出てきたわけで、自分からしゃしゃり出てきたわけじゃないだろ」

「そうなんだけど、何となくそこに作為というか計算というか、そんなものを感じるのよ」

こういって冬子は首を振る。

「俺には冬子のいっていることがよくわからないんだが。もし余分だったとして、それが今回の出来事に何か関係してくるのか」

「大いに関係してくるわよ。つまり、結論をいってしまえば、きょんちゃんのお母さんは、その志織さんじゃないかってこと」

とんでもないことをいい出した。

「ちょっと待てよ、冬ちゃん。うろ覚えではあるけど、奈美さんと志織さんとはまったくの別人で、俺は志織さんと深い関係になった覚えは全然ないが……それとも、整形手術をして、顔を変えたなんていうんじゃないだろうな」

呆気《あっけ》にとられた表情を島木は浮べた。

「何を莫迦なことをいってるのよ。もし志織さんがきょんちゃんのお母さんなら、その父親は島木君じゃなくて別の誰かにきまってるじゃない」

「ええっ、そうなのか」

島木の顔が、ぱっと明るくなった。

「そう考えれば、私の頭のなかで志織さんが余分な人という感じはなくなり、すうっと胸が軽くなるのよ」

「しかし、もしそうだとしたら、なんで志織さんは島木とは別人の男の子供を、ここに預けようとしたんだ。それがまるでわからない」

行介は素朴な疑問をぶつける。

「正直なところ、それはまだ私にもわからない。でも、これからも、その志織さんていう人はこの件に首を突っこんでくるような気がするから、そのうちわかるんじゃない」

そのとき、島木のケータイが音を立てた。

「すまんな、ちょっと」

島木はケータイを手にして、店の外に出ていった。しばらくして戻ってきた島木の表情は緩んでいる。

「冬ちゃん、大当たりだ。みごとに、しゃしゃり出てきた。電話は志織さんからで、奈美さんのことで思い出したことがあるから話したいって」

鬼の首を取ったように島木がいった。

「じゃあ、今夜また、渋谷に行くの」

「いや、向こうから明日、こっちに出向いてくるそうだ。わざわざきてもらうには申し訳がないからって——それで、この珈琲屋で会うことにした。時間は四時ということだ」

嬉しそうにいった。島木にしたら、父親候補から外れるかもしれない、大事な局面なのだ。当然ともいえた。

「それなら私、そのときにきょんちゃんを連れてくる。二人の様子を見れば、一目瞭然だろうから」

宣言するように、冬子はいい放った。

四時少し前——。

カウンターの前には、島木と冬子、それに奥のテーブル席では、今日子が携帯用のゲーム機を手にしている。

しばらくすると扉の鈴がちりんと鳴った。島木がさっと立ちあがり、手を振る。濃い目の化粧をした女性がカウンターに近づいてきた。

「こちらはここのマスターで、宗田《そうだ》行介。そして、こっちが辻井冬子さん。二人とも私の幼馴染みです」

と島木が志織に、行介と冬子を簡単に紹介した。

冬子の顔を見たとき、少したじろいだ表情を志織は見せたが、

「藤野《ふじの》志織と申します。よろしくお願いします」

といって、丁寧に頭を下げた。

何にしますかという行介に志織はブレンドをと答え、島木にうながされてカウンターの奥に腰をおろした。

「お二人の前で、例の話をしてもいいんですか、島木さん」

怪訝な表情を浮べる志織に、

「いいですよ。二人とも家族同然の間柄ですので、何を話してもらってもけっこうです」

島木は笑みを浮べて鷹揚に答える。

「ああっ、家族同然っていいですね。私にはそういう人がいないので羨《うらや》ましいです。憧れます」

志織は開けっ広げな性格なのか、場の雰囲気にすんなりと溶けこんできた。

「熱いですから」

行介は、湯気のあがるコーヒーを、志織の前にそっと置いた。

「わあっ、本当に熱そうです」

両手を伸ばしてカップを受け、そろそろと志織は口に運び、ひと口する。口の中で味わうようにしてから、ゆっくりと飲みこむ。

「熱いけど、おいしい」

すぐに称賛の声をあげ、志織はつづけてカップに口をつける。

「ところで、奈美さんのことなんですが」

カップのコーヒーがなくなるのを見計らって、島木が切りだした。

「はい。実は子供ができたことを私に話したとき、この子は私一人で育てますと、奈美さんがいっていたのを思いだしたんです」

何気ない口調でいった。

「その理由を、奈美さんは何かいってましたか」

すかさず島木がつづける。

「何でも、相手の男性はワケアリの人で、とても一緒に暮すのは無理だと。そんなことをいってました」

「ワケアリとは、どんな類《たぐ》いのものか、それは聞いてないですか」

「すみません。聞いてないです。ただ――」

志織はちょっと言葉を切り、

「相手の男性は危ない系の人か、その真逆の善良系の人か――そのどっちだったか思い出せませんが、そんな両極端にいる人のようなことを奈美さんはいってました。すみません、あやふやな話で」

そういって頭を下げた。

「いえ、貴重な情報で、参考になります」

島木も素直に頭を下げる。

「今回の情報はこの二つだけで、他にはありません。せっかくみなさんに集まってもらったのに、本当に申し訳ありません。それから」

志織は行介たち三人の顔を順に見て、

「なぜ島木さんが奈美さんの情報を欲しがっているのか、今は訊きませんが……もし話してもいいと島木さんが思われたら、そのときは私にも教えてください。昨夜、いろんなことを訊かれてから妙に気になってしまって。よろしくお願いします」

丁寧に頭を下げた。

「ご不審さは重々わかります。話せるときがきたら、何もかも話しますから、そのときまでは」

きっぱりした口調で島木はいい、

「それから志織さん、これを」

と、二枚の一万円札を折りたたんだものを、さっと志織の手に握らせた。

「あっ、今日は勝手に押しかけたようなものですから、これはちょっと」

押し返そうとする志織の手を、

「邪魔になるものじゃないですから、どうぞこのまま納めて」

島木はぽんぽんと叩く。

「……わかりました。それではありがたく頂きます」

そういってから志織は行介のほうを見て、

「コーヒー、とてもおいしかったです。またこさせてもらってもいいですか。木調のインテリアは素朴で素敵ですし、マスターの宗田さんはとても頼もしい感じがします。島木さんは優しさそのもので、冬子さんは目が洗われるほど綺麗ですし」

島木と冬子のほうに視線を移し、ほんの少し笑った。

「もちろんですよ。こんな店でよかったら、いつでもどうぞ」

ぶっきらぼうに答える行介に、

「ありがとうございます。また必ず寄らせてもらいます――それじゃあ、そろそろ」

志織はバッグから財布を取り出し、カウンターの上に代金を置いた。それを見た冬子が、身構えるのがわかった。

「きょんちゃん」

テーブル席に向かって声を張りあげた。

すぐに奥の席から、ゲーム機を手にした今日子がちょこちょこ歩いてきた。冬子の目が今日子と志織の様子を睨むように見る。が、どこにも変った様子などは……島木の顔に落胆の表情が浮ぶ。

「あら、冬子さんのお子さんですか、可愛いですね」

立ちあがった志織の愛想のいい声に、

「親戚筋の子なんですが、今は一緒に暮している、きょんちゃんです」

冬子も明るい声で答える。

「きょんちゃんって、とても可愛い名前」

今日子の頭を、ちょんちょんとつついてから、頭を下げて志織は背中を向けた。扉の上の鈴がちりんと鳴ると同時に、冬子の口から小さな吐息がもれた。

「きょんちゃん、もういいわ。奥でゲームをやってて」

小さな頭をなでて、冬子は今日子をこの場から遠ざける。

「冬ちゃん、二人の対面に、不自然な様子はまったく感じられなかったけど」

いかにも残念そうにいう島木に、

「落胆するのは、まだ早いわ。きょんちゃんは利口すぎるほどの子供だし、女っていうのは時と場合によって、どんな態度もとれる、したたかな生き物。だから今日の志織さんのあれは、役者顔負けのお芝居ということも考えられる」

なかなか冬子も、しぶとい。

「芝居かあ……そういわれれば、そうともいえるなあ」

島木の元気さも少し戻ったようだ。

「言葉つきも丁寧だったし、愛想もよかったし――」

と行介がいいかけると、

「だから、それは」

と、冬子から待ったがかかった。

「待て、冬子。話は最後まで聞け――申し分のない態度だったけど、冬子のいうように、何となく違和感を持ったのも確かだ。それは何だと訊かれると、弱るけどな」

「でしょう。やっぱりどこか変なのよ。まともじゃない部分があるのよ。それが何なのか、私もわからなくて歯痒いけどね。まあ、どういう訳かまたくるといってたから、そういうことは、やがてね。ところで島木君」

矛先を島木に向けた。

「奈美さんのケータイには、あれから電話を入れたの」

「入れたよ、何度か。そうしたら、この電話は現在使われていませんというアナウンスが流れて——どうやらもう、使われてないみたいだな」

「えっ、現在出られませんじゃなくて、使われていませんだったの。ということは、こっちからの連絡方法はナシか」

そう呟くように冬子が口にしたとき、奥から今日子が走ってきて、

「おばさん、トイレ」

唇を尖らせていった。

「はいはい、トイレね。いい、行くまでは我慢してよ。もらしちゃ絶対に駄目だからね」

なぜか嬉しそうな素振りで、冬子は今日子の背中を押してトイレに向かった。

「冬ちゃん、子育てを満喫しているようだな、行さん」

島木が目を細めた。

「ああ、そのようだ」

何気なく答える行介に、

「おそらく、自分の子供が欲しいんだろうな。もう、決して若いという年じゃないし」

辛辣な言葉を島木が投げかけた。

「それは……」

それ以上の言葉は、行介の口から出てこなかった。

すれ違い

目的があって訪れた訳ではない。

電車を降りて、ふらふらと歩いていたら偶然この店の前にきた。ただそれだけだったが、唯子《ゆいこ》は店脇の看板をじっと見つめる。

『珈琲屋』――確かここは宗田行介という、かつて殺人を犯した人間がやっている店。そんな町の噂を聞いた覚えがある。が、嫌なことを考えるのなら、ちょうどいい場所なのかもしれない。

唯子は扉に手をかける。ぐっと押すと、鈴がちりんと鳴った。

「いらっしゃい」

ぶっきらぼうだが、妙に優しさを感じる声が唯子を迎えた。

テーブル席を見回すと、奥の席はすでに客で埋まっていて、空いているのは手前の席だけ。さてどうしようかと迷っていると、ある考えが頭に浮んだ。

人を殺したことのある人間の顔を、じっくり見るのもいいかもしれない。遅かれ早かれ、どうせ自分も同じようなことをする身なのだ。腹のなかの子供を……唯子は会社を早退して、産婦人科に行った帰りだった。

　唯子はそう考えて、カウンター席に向かった。真中あたりに、ちょっと髪の毛が後退した中年の男が一人で座っているだけで他に客はいない。唯子はカウンターの一番端の丸イスにそっと座る。

「何にしましょう」

　低くて太い声が耳を打つ。これが宗田行介だ。男臭い、はっきりした顔立ちだったが荒っぽさはなく、むしろ温厚な人柄に見えた。

「ブレンド、お願いします」

　唯子がいうと、行介の手が動いてアルコールランプに火が入れられ、コーヒーサイフォンがセットされる。たちこめるコーヒーの香りを嗅《か》ぎながら、唯子は改めて店のなかを観察する。

　木材をふんだんに使った造りは頑丈そのもので、天井には太い梁が走っていてオシャレ感覚などは皆無。いや、通りに面した窓には大正ロマン風の小さな色ガラスが入っていて、それがわずかにそんな雰囲気を……。

　小さな吐息を唯子はもらした。

　唯子の仕事は、インテリアデザインだった。

デザインポリシーは『オシャレな空間に、ほんの少しの昭和レトロ』――そのポリシーからいけばこの店は、まったく逆の概念を持った建物だった。しかし、なぜかこの空間は落ちついたものを感じさせた。過不足なく、必要なものがきっちり納まっていた。そう、過不足なしに調和がとれていた。

もし自分が、この店を改装してほしいと頼まれたら……唯子は頭をフル回転させて考えてみるが出てきた結果は、否だった。改装のしようがなかった。それでも強いてするとしたら、まったく別物に造り変える。それしか方法はなかったが、それでは改装ではなく改築になってしまう。

そんなことを考えていると「熱いですから」という声と一緒にカウンターに湯気のあがるコーヒーカップが置かれた。

「あっ、ありがとうございます」

唯子は我に返り、そっとカップを両手でつつみこむ。少しして、そろそろと口に持っていき、こくっと飲む。芳潤だった。それも、ほっとするような味だ。

「おいしいですね」

思わず声が出た。

「ありがとうございます」

行介が頭を下げると、

「そうなんです。ここのコーヒーは、天下一品。これに勝るコーヒーは、なかなか他にはありません」

すぐにこんな言葉が耳を打った。

カウンターの中央に座っていた、中年男だ。

「失礼ながら私は、この宗田行介の幼馴染みであり、すぐ近くで『アルル』という洋品店をやっている、島木という者です。以後、お見知りおきを」

いうなり島木と名乗った男は自分の席を立ち、唯子の隣に座りこんだ。

「おいこら、島木。ちょっと厚かましさがすぎるぞ」

慌てた口調でいう行介に、

「いやしかし、行さん。こんな美人が近くに座った以上、きちんと挨拶をしなければ失礼にあたるというもんじゃないのか。というより、俺の気がまったくすまない」

困った表情を浮べながらも、島木と名乗った男は歯の浮くような台詞を口にする。

「ところで、僭越《せんえつ》とは思いますが、お嬢様のお名前などをお聞かせ願えれば、まさに恐悦至極なのでございますが」

今度は口調が時代劇風に変ったが、不思議と嫌なかんじはしなかった。

「あっ、申し遅れましたが、清野《せいの》唯子といいます。よろしくお願いいたします」

すらすらと言葉が出た。

「ああ、これはまた、お顔そのもののお綺麗なお名前で、誠にもってありがとうございます」

そういったとたん、

「こいつは商店街きってのプレイボーイといわれている男ですから、くれぐれも気を許さないように」

行介の呆れたような声が飛んだ。

そうなのだ。この島木という男は女慣れしているのだ。その上、何を口にしても相手を不愉快にさせないという、天性の何かを持っているようだ。

「はい、充分に気をつけます」

背筋を伸ばして凜《りん》とした声で答えると、

「これはまた、すげないお言葉を……」

わかりやすく、島木はしょげた。

その様子は可愛らしくも見え、こういう人に今回の相談に乗ってもらうのもいいかもしれないと、唯子はふと思う。

「それはそれとして、唯子さんはこの近くにお住まいなのでしょうか。これも僭越ながら、お訊きいたしますが」

「ええ、お稲荷さんの近くのアパートに住んでいます」

「おう、それはいい。実にいい。正真正銘のご近所同士じゃないですか」

声をあげた島木が、唯子の顔をじっと見た。

「それにしても、こんな美人がすぐ近くにいることに気がつかなかったとは、言語道断の大失態。いや、情けない限りです」

美人といわれれば悪い気はしないが、唯子は自分を正統派の美人だとは決して思ってはいない。

ぱちっとした二重の大きな目と、低くはないのに、ちょっと上を向いた小さめの鼻。それでいて厚めの唇と柔らかな頬……一言でいえば華やかで小悪魔的な可愛い顔。このためか、唯子は学生時代から男たちによくモテた。

「ついでにいいますと、年は二十九で仕事はインテリアデザイナーをやっています。日本橋のデザイン事務所に勤めています」

淀みなく答えた。自分でも驚くくらい饒舌《じょうぜつ》になっている。

「唯子さん、何度もいうようだが、そいつに気を許すと――」

行介が心配そうに声をかけたとき、扉の鈴が鳴って誰かが入ってきた。

女性と小さな子供の二人連れだ。二人は真直ぐカウンター席に向かって歩いてきた。

どうやら常連のようだ。

「こんにちは。行ちゃん、島木君」

「おや、冬ちゃん。今日もきょんちゃんと一緒か。仲がよくていいな」

島木がこう声をかけ、二人はカウンターの奥の席に座った。

「何だか盛りあがっているようね、島木君」

女性のこんな言葉に、

「まあ何というか……」

島木が口をもごもごさせる。そして、

「こちらは辻井冬子さんで、私と行さんの幼馴染み。ちっちゃい子は今日子ちゃんといって、通称きょんちゃん。年は五歳」

と、ざっと紹介をしてから、冬子という女性に唯子のあれこれを話して聞かせる。

「へえっ、インテリアデザイナーって凄いね。私はすぐ近くの蕎麦屋の娘でえす」

と冬子はちょっとおどけたかんじでいうが、その顔を見つめながら唯子は内心驚いていた。正真正銘、正統派の美人がそこにはいた。が、対抗心は覚えなかった。自分は可愛い系で、冬子とはまったく別枠だった。

「そこで唯子さんに、ひとつ忠告」

冬子がさらに言葉をつづけた。

「島木君には気を許さないこと。何たって、ここの商店街ではプレイボーイで通っている、いわくつきの人間だからね」

行介と同じことをいった。

思わず顔に笑みがもれた。

「こいつは顔はまあまあの美人なんだけど、気の強さと口の悪さには定評があるから、あまり気にしないように、唯子さん」

すぐに島木が弁解の言葉を出した。しかも、まあまあの美人などと口にしながら。多分これは、自分を慮《おもんぱか》っての言葉だ。やっぱり島木という男の心根は優しいのだ。

「いつものブレンドでいいんだな、冬子」

そんなところへ行介が声をかけた。

「うん」と素直にうなずく冬子を見て、この三人は心底仲がいいのだと唯子は思う。

「ねえ、おばさん。プレイボーイって、何」

今度は今日子という女の子だ。こまっしゃくれた顔をして、表情は暗い。おばさんということは、どうやら冬子は、この子の母親ではないようだ。

「それはまあ、何といったら……」

冬子がいい淀んでいると、

「つまり、ハゲっていうことなの」

今日子がとんでもないことを口にした。

これだから子供は嫌なのだ。仕方がないとはいえ、思ったことをすぐ口にして周囲を不愉快にさせる。

「あのね、きょんちゃん。おじさんはハゲてる訳じゃなくて、オデコが広いだけ。だから、その言葉を口にするのはやめようね」

諭すように優しく島木がいうと、

「ハゲはハゲじゃんか、そうにきまってるじゃんね」

さらに攻撃の言葉を今日子は出した。

「まあ、それは」と島木は困惑の表情を浮べ、

「ところで唯子さん。あなたは何か悩み事があって、ここにきたんじゃないですか」

真面目《まじめ》な口調でいった。

「えっ、どうしてそんなことを」

図星を指された唯子が怪訝な声をあげると、

「初めてこの店にきて、そのままカウンター席に座る客はワケアリということに相場はきまっています。ワケアリの人間は、いわく因縁尽くの行さんの顔を見て、ほっとした思いで帰っていく。唯子さんも行さんの過去は知っているんでしょう。だから、この店にきた」

幾分悲しそうな声でいった。

「それは知っています。でも、ここにきたのはまったくの偶然というか……いえ、やっ

ぱり宗田さんの顔を見たかったというのは事実です。ワケアリというのも本当ですから」

うつむきながらいった。

「僭越ながら、そのワケアリというのは、いったいどういうことでしょう」

たたみかけるように島木が訊く。

「そうね。もし本当に困ってるなら、話してみるのもひとつの手。およばずながら、力は貸すつもり」

冬子だった。

「すみません。今はまだちょっとお話しできません」

くぐもった声を唯子は出した。

「俺はもちろんのこと――」

突然行介が声をあげた。

「島木も冬ちゃんも、みんなワケアリの身だから、何の遠慮も恥ずかしがることもいらない。その気になったらいつでもどうぞ」

噛んで含めるようにいった。

「みんな、ワケアリなんですか」

驚いた声をあげる唯子に、

「そう。みんな叩けば埃《ほこり》の出る体。憎まれ口を叩いている、小さなきょんちゃんもね。どんな埃なのか、今ここではいえないけどね」

冬子がちらりと今日子を見ながらいった。

「この小さな子も！」

唯子は一瞬絶句してから、

「多分、みなさんの抱えている悩み事に較《くら》べたら小さなことだと思いますけど、それでも……今度きたときに話します。必ず話しますから、今日は」

顔を歪めて掠れ声でいった。

「あっ、おばさんの顔、タヌキみたい」

突然、今日子が笑い声をあげた。

いうに事欠いて狸とは――それにおばさんとは何だ。唯子の胸に怒りのようなものが湧いた。

唯子は今日子を横目で睨みつけた。


アパートに戻った唯子は、ぼんやりと居間でテレビを見ていた。ただ見ているだけで、頭のなかは今日の出来事でいっぱいだ。

ここのところ、生理がなかった。

避妊はきちんとしているはずなのにと思いつつ、今日産婦人科を訪れてみると結果は妊娠三カ月。ショックだったが、この言葉を聞いたときから唯子の気持はきまっていた。人工妊娠中絶――。

それしかなかったが、この結果を一緒に暮している健太《けんた》にどう伝えるかが問題だった。

住宅メーカーで営業をしている野上《のがみ》健太は、唯子より二つ年下の二十七歳。

一人で入った居酒屋が混んでいて相席になり、年が同じほどということもあって意気投合。その後度々会うことになって二年ほど前から同棲するようになった。

同棲はしていても入籍はしていない。結婚をすると様々な制約に縛られて、自由に動けなくなる。それなら唯一無二のパートナーとして、このまま老いるまで、ずっとこの状態でいいのではないか。生活費は折半、炊事洗濯は当番制――これが二人の出した結論だった。

そんな話を居間のソファーでしたとき――。

「夫婦同然の生活ではあるけれど、必要以上にお互いを束縛しないのが原則。そのほうがいつまでも新鮮で、お互いに飽きることはないと思うし」

唯子がこういうと、

「そうだね、お互い愛しあっていれば婚姻届なんて関係ないよな。自由で新鮮なほうが、ずっと長持ちするような気がするな。だけど、もし」

真剣な顔で健太は唯子を見つめた。

「子供ができたらどうする。もちろん、避妊はきちんとするつもりだけど」

ぼそっといった。

「堕《お》ろすつもりよ。それしか選択肢はないわ」

唯子はきっぱりという。

一瞬、健太の表情が翳《かげ》ったような気がした。

「その点、健太はどう思ってるの。どういうつもりでいるの」

唯子は、ほんの少し声を荒げた。

「俺は、できるなら産んでほしい。唯ちゃんの体を傷つけたくないし、それに唯ちゃんの産む子供なら、きっと可愛いと思うし、俺ってけっこう子供、好きだし」

一気に健太はいった。

「じゃあ、そのときは籍を入れるっていうの。正式に結婚するっていうの」

「いろんな意味で、それが産まれてくる子供のためなんじゃないかな」

蚊の鳴くような声を健太はあげた。

「それは駄目、絶対に駄目。健太は男だからわからないだろうけど、子育てって、ものすごく大変なのよ。お金だってけっこうかかるし、第一、お互いの自由な時間がまったくなくなって、子供一色の生活に変ってしまうのよ。子育てノイローゼで自殺する母親

も いるんだから」

唯子も一気にまくしたてた。

「それは……」

と黙りこむ健太に、

「それに、とにかく私は子供が嫌いだから。あの勝手に動き回って騒ぎまくる生き物が。それでも産めというのなら、私たち別れるしか……」

最後の言葉を唯子は出した。が、唯子にパートナー解消の気持はまったくなかった。

唯子は健太が大好きだった。

「わかった。唯ちゃんがそういうのなら、俺はその意見に従うよ。だから、機嫌を直して」

抱きしめられた。健太の甘えたような顔がすぐそばにあった。

その健太に今回のことを、どう話すか。

何も話さないまま中絶手術を実行するという手もあるが、手術後にそれがわかったら……いったい健太はどんな態度をとるのか。

やっぱり事前に話をして、健太から了承を得るほうが無難だった。しかし、子供好きだといっていた健太が素直に了承するものなのか。臍を曲げるのではないか。それを境に二人の仲が気まずくなるのではないか。いくら考えても答えは出なかった。

そのとき腹の奥が、むずっと動いたような気がした。

「あっ」

と唯子は小さな悲鳴をあげた。

いっそ、産んでしまうということも。

そんな思いが全身を突きぬけた。

簡単に堕ろすというが、人間一人の命なのだ。それを闇に葬るというのは、自分は珈琲屋の行介と同じ立場に……それも極めて自分勝手で、わがままな理由で。唯子は全身に鳥肌が立つのを覚えた。瞬間、どういう加減か珈琲屋にいた、こまっしゃくれた今日子の顔が浮んだ。

ぶるっと体が震えた。

やっぱり、産むのは嫌だった。

扉の開く音が聞こえた。

健太が帰ってきたのだ。

「あれ、何かあったの。暗い顔をして」

居間に入るなり、健太は心配そうな声をあげた。

「うん。ちょっと、お客さんとの間で揉め事があってね」

何とかごまかした。

「何だ、そういうことか。じゃあ、しっかり慰めてあげないと」

隣に座った健太は、唯子をしっかり抱きしめて、頭を優しく撫《な》で始めた。唯子は健太の胸に顔を押しつけた。

今日は唯子が甘える番だった。


今日子のいないことを願いつつ、唯子は珈琲屋の前に立つ。

ゆっくりと扉を開け、なかに入ってカウンターを見ると——島木と冬子はいたが、今日子の姿は見当たらなかった。

テーブル席のほうにも客は一組だけで、こみいった話をするには絶好の状況だった。唯子の考え方でいえば、静かな店内は過不足のない、調和のとれた状態。そういうことになる。

「いらっしゃい、唯子さん」

行介のぶっきらぼうな声に誘われて、唯子は先日のようにカウンターの端に腰をおろす。隣は島木で、その向こうは冬子だ。

「どうですか、唯子さん。悩みのほう、話す気になりましたか」

島木が優しく声をかけるが、顔のほうは興味津々そのものだ。

「はい。わがままな悩みですけど、やっぱり誰かの意見が聞きたくて。いくら考えても堂々巡りで、私の頭では何の結論も出せそうにありませんので」

唯子の本音だった。

自分で結論が出せないのなら、誰か信用のおける人間に話をして意見を聞く。どんな答えが出るのか想像はできなかったが、ちょっとでも背中を押してもらえるような話が聞けたら本望だった。

「おう、それはいい。それならまず、珈琲屋特製のコーヒーでしっかり喉を湿らせてから、じっくりと」

早速島木が気遣いの声をあげるが、表情のほうはまだ興味津々だ。

「ちょっと待て、島木」

そんな島木の言葉を追いやるように、行介の声が飛んだ。

「その前にまず、お前たちのワケアリの話をするのが筋だろう。そうすれば、唯子さんも話をうんとしやすくなるはずだ」

よく通る声でいった。

「そうね。それならまず、私からね」

と冬子がいったところで、

「あの、今日、きょんちゃんは」

と唯子は訊いた。何となく気になった。

「一生懸命、うちでゲームと格闘してる。あの子、やり始めたらキリがつくまでやめようとしないから。おかげで私はこうして、ゆっくり羽をのばしてる」

笑いかけた。綺麗な笑顔だった。

「あの、やっぱり、小さい子供の世話って大変なんですか」

こんな言葉が飛び出した。

「大変といえば大変だわね――でもね、私は子供を産んだ経験はないけれど、それでも放り投げようと思ったことは一度もないわ。何たって、女と子供は、それでワンパック。過不足なく納まるように昔から、うまくできてるのよ」

過不足なくと冬子はいった。

「ねえ、行ちゃん」

なぜか冬子は問いを行介にぶつけた。

「それはまあ、そうなんだろうな」

さっきのよく通る声とは違った、しぼんだような声だった。

「じゃあ、話を戻して――唯子さんは私と行ちゃんのことを、どれぐらい知ってるのか教えてくれる」

「それは」と唯子は宙を睨んでから、以前、町で耳にした話をした。

「お二人は恋人同士だったけど、宗田さんがあの事件をおこして離れ離れになってしまった。それで冬子さんは親のすすめで別の人と結婚したけれど、宗田さんのことが忘れられなくて、出所間近に離婚をしてもらって出戻ってきた……そんなところですか」

「ということは、大体のことは知ってるってことね——じゃあ二つだけ付け足すことにするから」

冬子はそういって、自分が嫁いだ先は旧家でなかなか離婚に応じてくれなかったため、若い男と浮気をして、それを婚家に知らせるという手段を取り、ようやく離婚を承諾させて今に至っていると唯子に話した。

驚きだった。そこまでして離婚を承諾させたとは。とても並の人間にまねのできることではなかった。

「でも、そこまでして離婚しながら、なぜお二人は結婚しないのですか」

訳がわからなかった。

「それが二つ目の話なんだけど、そのあたりは、行ちゃんに訊いてみたら」

ぽつんと冬子がいった。

唯子は行介を見た。その顔が歪んでいた。

「それは……俺は人殺しだ。だから、決して幸せになってはいけない人間なんだ。それが人の筋というもんで、だからそう簡単には……」

絞り出すような声だった。

そういうことなのだ。そういう人間もいるのだ。行介のように自分を徹底的に抑えこみ、断固として筋を通す人間と、冬子のように情熱にまかせて突っ走る人間……いずれにしても、自分には到底できることではなかった。ひたすら心が痛んだ。唯子は少し、自分を恥じた。

嫌な沈黙が流れた。

「さあ、島木君の番」

催促するように冬子がいった。

「ああ、そうだな。誤解のないようにきちんと話さないとな」

島木はそういい、自分の今、置かれている立場。その結果、今日子がここにきた理由。これまでの隠し子事件の顚末《てんまつ》を嗄《しわが》れた声で、丁寧に話し出した。

これも驚きだった。

六年前の出来事が、こんな現実となって今におよんでくるとは。そして、真相はいったいどうなのか。わからないことだらけの話だった。

「それで、いったいどうなるんですか」

「まったくわからない。今はただ、きょんちゃんのお母さんからの連絡待ちです。これで終るとは考えられないから、何か連絡はしてくるはず。それを待つより方法は……」

しなびた顔で島木は呟くようにいった。

「それでもし、きょんちゃんが島木さんの子供だったとしたら、どうするつもりなんですか」

唯子は一番気になったことを訊いてみた。

「それは……」

島木は絶句してから、

「まず、あの子を認知して、それから妻に這いつくばって謝りに謝って、それで、もし許してもらえるなら、あの子のお母さんにも何らかの対応をして……」

自分にいい聞かせるように口にした。

「そうですね。それしかないですよね。それにしても辛いですね、島木さんだけじゃなく、みんなが……」

後の言葉が見つからなかった。

ふいに湯気のあがるコーヒーが、カウンターに置かれた。

「一段落したところで、熱いコーヒーで心を休ませてくれ、島木も冬子も」

行介はそういって、島木と冬子の前にも、湯気の立つコーヒーカップを置いた。

しばらく、コーヒーをすする静かな音だけが周りを満たした。

どれほどの時間が過ぎたのか。

「それじゃあ、私のことを話します。お二人の悩みに較べたら、ほんのささいなことかもしれませんけど」

　唯子はカップをそっとカウンターに戻し、

「多分、話を聞いたあと、なんて自分勝手でわがままな女だと、みなさんは憤慨するかもしれませんが、それでも私にとっては重要すぎるほどのことなんです」

　声が喉につまった。

　しんと静まったカウンター席で、唯子は一語一語、自分の置かれた立場を詳細に、できる限り客観的に丁寧に話を進めた。

　話をしている途中、胸が締めつけられて目頭が熱くなった。なぜ泣くのかわからないまま、涙を流して唯子は話をした。

「そういうことなんだ。唯子さんの話も子供がらみのことなんだ」

　話し終えた唯子に、冬子がこんな言葉を出した。唯子の涙は、いつのまにか止まっていた。

「この話、みなさんはどう思いますか」

「俺は――」

　と行介がいいかけたところで、

「行さん、駄目だ」

　と島木から待ったがかかった。

「今回は、お前さんの意見はいちばん、あとだ。大体、行さんのいうことはわかっている。何があろうと、子供ができたら産まなければいけない――おそらくこんな意見だろうが、今回ばかりは、それでは駄目だ。この件は綺麗事では収まらない話だ。世の中、表もあれば裏もある。そこのところを充分に考えて話をしないと」

島木が苦労人らしい台詞を口にした。

「そうね。行ちゃんは、どんな場面でも正義の味方だから、この件に関しては島木君のいう通りにして」

冬子が島木に同調して、

「それで、唯子さんはこの件を、どう収めたいと思ってるの」

きらきら光る目を唯子に向けて訊いてきた。

今夜の食事当番は唯子だ。

といっても、献立は帰りに近所のコンビニに寄って買ってきた冷凍の和風ハンバーグに野菜サラダだった。これに、インスタントのスープをつければ――。

健太が帰ってきたのは七時半頃。それからすぐに夕食になった。

「ごめんね、何だか出来あいのものばかりになっちゃって」

申し訳なさそうにいうと、

「いいさ。唯ちゃんだって働いているんだから、そんなこと気にすることないよ」

いつものように優しく健太はいう。

「ありがとう……でも実をいうと、今日会社帰りにある所へ寄ってきて、それで遅くなった」

このとき唯子は、珈琲屋での出来事を健太に話そうと思った。むろん、全部ではない。島木の隠し子の件だ。あれに多少脚色をしてうまい具合に話して聞かせれば、子供ができた件を健太に打ち明けるきっかけになるかもしれない。そんな思いが唯子の胸に湧いていた。島木には、申し訳ない気がしたけれど……。

「いったい、どこに行ってきたんだ」

唯子の思わせぶりな口調に興味をそそられたのか、健太は箸を止めて次の言葉を待つ素振りを見せた。

「商店街にある、珈琲屋さんという喫茶店」

「珈琲屋って――あの、以前殺人を犯した人がやっているという。でも、どうしてそんな店へ」

少し驚いたような声をあげた。

「駅を出て何とはなしに歩いていたら、とても頑丈そうな店構えの喫茶店が目に入って、よくよく見てみたら、そこが珈琲屋さんだったたってわけ。仕事柄、店のインテリアも気になったし、今健太がいったこともあって、よし、それなら一度探検してみようと思って、ふらっとね」

これは最初に行ったときの様子だったが、多少の嘘は仕方がない。

「へえっ、俺ならそういう店はとことん避けて通るけど、唯ちゃんって意外と度胸があるんだな」

今度は感心したような口振りだ。

「私もね、どんな酷い人がやってるんだろうという、恐いもの見たさもあったんだけど、それがみごとに外れたの」

と唯子は店主の行介の温厚な人柄や、行介の幼馴染みで店の常連でもある島木の優しさ、それに冬子の美しさなどを、ざっと健太に話して聞かせた。

「噂だけで人を見ちゃあいけないという、典型的な例だな。でも……」

健太の語尾が掠れた。

「そういう事件をおこした人なら、普段はおとなしくてもイザというときにはまた……」

「そんな人だからこそ、何があろうともう二度と間違いはしないってこともあるわ」

健太の言葉に唯子はすぐに反論した。

「わかるけど、何たって殺人だもんな。究極の行為だもんな」

その言葉を聞いた瞬間、唯子の胸がぎゅっと締めつけられた。堕胎行為も、ある意味殺人といえなくもなかった。健太はやはり、この種のことが嫌いなのだ。それなら——。

「まあ俺は、ビビリの平和主義者だから、その種のことには過剰反応気味のところはあるけどね」

きまり悪そうにいう健太に、

「そうよ、あそこのマスターは健太が考えるほど悪い人じゃない。これは実際に会ってみればすぐにわかるわ。過去は過去、今は今」

唯子は行介を持ちあげてから、

「それはそれとして、そのマスターの幼馴染みの島木さんていう人が、今大変なことになっていてね」

隠し子騒動の一部始終を詳細に健太に話した。心の奥で島木に謝りながら。

「うわあっ、それは大変だ。商店街一のプレイボーイも、それじゃあ気が気じゃないだろうな。俺だったら居ても立ってもいられなくなって、寝こんでしまうなあ」

頭を何度も振った。

「その子が本当に島木さんの子だったら認知をして、奥さんにも謝って、もし許してもらえればその子の母親にも手を差しのべるといってたけど——」

唯子はここで言葉をちょっと切り、

「やっぱり、子供は災いの種。私たちも気をつけないとね」

さりげなくいった。すると、

「でも、それは浮気相手に産ませた子供だから、そういうことになったわけで。ちゃんとした二人の間に産まれた子供ならそんなことにはならないんじゃないか」

健太がもっともな意見を口にした。

「それはそうだけど、やっぱり子供はね。それに、その今日子ちゃんって子が、けっこう大変な子なのよ」

唯子は話題を今日子に変えた。

「今日子ちゃんって真相が明らかになるまで、美人だという冬子さんって人が預ってるんだろう」

「そう。他人様のところに預けられているんだから、おとなしくしていれば可愛げもあるんだろうけど、それが」

唯子はそういって、今日子が島木をハゲ呼ばわりした話をすると、

「子供ってみんな、そんなもんだよ。それが可愛いっていう人もいるだろうし、そんなことに腹を立ててたら世の中、生きていけないよ」

あくまで健太は子供に甘い。このとき唯子は妊娠の件を、今夜話すことを断念した。

「それに、私が顔をくしゃっと崩したのを見て、あっ、おばさんの顔、タヌキみたいっ

て、笑いながらいうのよ。いうに事欠いてタヌキって何なのよ。それに、おばさんよ。いくら何でも酷すぎると思わない。ムカついたから睨んでやったけどね」

一気にいうと、さすがに健太も「それは」といっただけで口をつぐんだ。そのときまた、腹の奥が、むずっと動いたような気がした。

唯子の胸に珈琲屋での、やりとりがふいに浮んだ。

「それで、唯子さんはこの件を、どう収めたいと思ってるの」

冬子がこう訊いた後のことだ。

「お腹のなかの子には申し訳ありませんけど、私は堕ろしたいと思っています。どう考えても私には子育ては無理ですから。でもそうするには健太の承諾をやっぱり得ないと。そうじゃないと、二人の関係がつづかないような気がします」

言葉をつまらせながら、唯子はいった。

また涙が流れてくるのがわかった。

「そうなんだ。唯子さんの胸のなかでは、もう結論が出ているんだ」

ぼそっと冬子はいい、

「それなら、それで私はいいと思う。望まれて生まれてくる子なら、母親も子供も幸せだろうけど、そうじゃなければお互い、不幸になる。だから、もし唯子さんがこのあと子供を堕ろしたとしても、私は唯子さんを決して責めない。判断を尊重するわ」

こんな言葉を淡々とつけ加えた。

「私も、そう思うよ」

すぐに島木が同調の意見を口にした。

「当時、自分の子供が浮気相手にできているのを知ったとしたら、私もやっぱり堕ろしてほしいと相手に頼みこんでいたと思う。勝手なようだけど、それが周りの幸せにつながっていくのは間違いない。悲しいことではあるけど、月並みな言葉でいえば、それが世の中というもので、それが人間っていうものだから」

いちおう冬子と島木は、唯子の思いに賛同した。あとは――。

「最後のようだから、俺の思いをいってもいいんだろうか」

重い声を行介が出した。

「いいわよ。行ちゃんがどう思っているのか、私も知りたいし」

「他のことなら、俺も正論を並べたてるんだろうが、この問題だけはそうもいかないことはわかっている。島木と冬子がいった通り、俺も唯子さんを責めるつもりは、まったくない。ただ、ただ――」

ただ、と行介はいった。

唯子は体を、ぎゅっと縮めた。

「二つだけ、いっておきたいことがある。今、唯子さんが流した涙を決して忘れないでほしい。そして、さっき冬子がいった言葉を、もう一度嚙みしめてほしい」

行介がこれだけいったとき、

「えっ、私、何か重要なこといった？」

冬子が怪訝そうな表情を浮べた。

「冬子はこういったんだ。女と子供は、それでワンパック。過不足なく納まるように昔から、うまくできてるって」

抑揚のない声で行介がいった。

「女と子供は、ワンパック」

呟くように唯子は口に出す。

いっている意味は何となく理解できたが、実感が湧かなかった。

「俺のいいたいのは、それだけだ」

そういって行介は、ほんの少し笑って見せた。悲しそうな笑顔に見えた。

これがあの後の展開だった。

「どうしたんだ、唯ちゃん。急に黙りこんで」

心配そうな声で、健太が顔を覗きこんできた。

「あっ、何でもないから、大丈夫」

「俺、何か嫌なこといったかな。もしいったとしたら謝るからさ」

いきなり健太は、その場に立ちあがった。

「俺、ちょっと生意気なこといったかもしれないけど、本心は決してそうじゃない。俺はいつでも、唯ちゃんの意見を尊重するよ」

喉につまった声でいって頭を下げた。


唯子の足は、今日も珈琲屋に向かっている。

イライラが募っていた。

昨夜の健太とのやりとりを誰かに聞いてほしいという思いもあったし、行介が指摘した「女と子供は、それでワンパック」という言葉が耳から離れないということもあった。

店の前に立ち、一呼吸置いてからドアを開けると鈴がちりんと鳴り、唯子はすぐになかに入った。

真直ぐカウンターに向かうと、島木の姿はなく冬子が一人で丸イスに座っていた。今日子はと思って奥に目をやると、ゲーム機を手にして真剣な表情で画面を見ていた。他に客はいない。

「いらっしゃい、唯子さん」

行介のぶっきらぼうだが穏やかな声に、

「すみません。またきてしまいました」

唯子はわずかに微笑んでから、冬子に頭を下げて隣の席に腰をおろす。「ブレンド、お願いします」といい、小さな吐息をもらして下腹に力を入れた。

「何だか、すごく大変そうね、唯子さん」

労《いたわ》るような冬子の声に、

「はい、大変です。例の件で頭はモヤモヤしているし、心のほうはちっとも落ちつきませんし」

と答えてから、島木はいないのかと訊いた。

「私も島木君も、いつでもここにいるとは限らない。二人とも仕事はあるし、それなりに忙しいしね。まあ、この時間帯はここにいる確率は高いけどね」

いわれてみて初めて気がついた。いくら常連といっても一日中、店に入りびたってるはずがない。ここにくれば島木と冬子に必ず会えると決めてかかっていた自分の勘違いだった。思いこみというのは恐ろしい。

「大丈夫ですよ、唯子さん。そのうち、ふらっとやってきますよ」

サイフォンの様子を見ながら行介が声をあげると、

「えっ、何。唯子さん、島木君のこと気に入ってるの」

驚いた表情で冬子が訊いた。

「そういうわけでもないんですが、島木さんの顔を見ていると、何となく心が和《やわ》らいでくるというか」

「へえっ、そういうもんなんだ。やっぱりすごいわ、島木君の神通力は。あの顔で、あのスタイルで。ねえ、あれは。行ちゃん」

「天性のもんだな、あれは。確かにすごいな、あやかりたいもんだな」

軽口を飛ばす行介に、

「あらっ、行ちゃん。あやかりたいの。へえっ、そうなんだ」

じろりと冬子が睨みつけた。

「いや、それは、言葉のアヤというもんで、決して本心では、冬子……」

慌てたように行介が弁解の言葉を出すと、

「わかってるわよ、そんなこと」

しれっといって冬子は顔中で笑った。嬉しそうだ。行介は仏頂面《ぶっちょうづら》で天井を見上げた。

唯子の胸に途方もない、羨ましさが湧いた。健太との生活のなかでは湧かない感情だった。

「おや、これは」

突然、後ろから声が、かかった。

島木だ。

「お姫様がくるのなら、もう少し早くにきていたものを――」

そんなことを口にしながら唯子に笑いかけ、いかにも残念そうな顔をして冬子の向こうの席に腰をおろした。

「唯子さんがきてるということは、例のあの話なのかな」

いい終えて島木は「ブレンド」と行介に声をかける。

「はい。昨夜、例の件を健太に話そうとして失敗しまして……」

正直に口にすると、

「なら、まず珈琲屋の特製ブレンドを飲んでから、ゆっくりと話を聞くとして」

と島木が口にしたところで「熱いですから」という声と一緒に、湯気のあがるカップが唯子の前に置かれた。そして、島木の前にも。

「お前の特別の神通力を真似《まね》て、そろそろ顔を見せるんじゃないかと思って二人分淹れた」

「何だよ、その特別の神通力ってやつは」

きょとんとした表情を浮べる島木に、

「大したことじゃないから、さっさと熱いうちに飲みなさい」

冬子のこの一言に、唯子もしばらくコーヒーを飲むのに専念した。胸に染みいるほど、おいしかった。

「さて、それではそろそろ、お話を」

島木の言葉に、昨夜の健太との一部始終を唯子は話し出した。すべて正直に……正直に話すのが最低の礼儀だと唯子は思った。

「すみません、島木さんのプライベートな話や、今日子ちゃんの話まで出して。本当にすみません」

精一杯、頭を下げた。

「それはまあ、何といったらいいのか」

口をもごもごさせる島木の言葉を追いやるように、

「いいわよ。それだけ唯子さんが切羽つまっていたということなんだから。島木君も、きょんちゃんも許してくれるわよ。ねえ、島木君」

冬子がきっぱりといいきった。

「それはまあ。他に漏れることがなければ、俺は別に」

「その点は約束します。健太にも念を押しておきますから」

唯子もきっぱりといいきった。

「しかし、二人の考え方が真逆だということは、これはやっぱり弱ったなあ」

独り言のように口にする島木に、

「だからどうしたらといわれても、みなさん困るでしょうけど、私は話だけでも誰かに聞いてほしくて、それで……」

しぼんだ声を唯子は出す。

「わかるわよ。女って、どうにもできないってわかっていても、誰かに話だけでも聞いてもらいたい時ってあるもの。だけど、いったいどうしたらいいのかしら」

「日にちをかけて、徐々に話を小出しにして相手を慣れさせ、そのあと、実はこういうことなんだと、本筋を相手にぶつけてみるという手はどうでしょうか」

首を傾げていう島木に、

「私もそれがいいと思って、その第一歩を昨日の夜、試みたんですけど」

掠れた声で唯子はいう。

「そうですか。そういうことなんだよな。となると」

島木の視線が、カウンターのなかに移る。

「行さんは、どう思う。どうしたらいちばんいいと思う」

「俺は――」

行介が重い口調で口を開いた。

「何もかも、正直に話すのが一番だと思う。変に策をめぐらしていても埒《らち》が明かないし、誤解される恐れもある。やはり小細工なしの正直が一番。そうすれば、相手からも正直な言葉が返ってくるはずだ。それしかないと俺は思う」

行介らしい言葉だったが、もっともな意見だとも思った。

「でも、正直にいいすぎて、相手が臍を曲げるということもあるんじゃないか」

島木が反論した。

「いくら策を講じようと、駄目なものは駄目なんだ。これはお互いの心の問題なんだ。だから正直に話して、それでも了承してもらえなかったら」

「もらえなかったら、どうするんだ、行さん」

「諦《あきら》めるしかない。別れようというのなら、そうするしか仕方がない。これは、そういう問題なんだ」

「それでは身も蓋も……」

島木のその言葉が終らぬうちに、唯子は声をあげた。

「そうですね。私もそう思います。たとえ、どんな結果が出ようとも」

本当にそう思った。策などは何もない。正直に真正面からぶつかるより術《すべ》はない。そして、それが筋だと思った。唯子は行介に向かって小さくうなずいた。

「しかし、俺としては――」

そんな唯子に行介が、何かいいたげな口振りを見せた。

「しかし、何ですか、宗田さん」

何か他に方法が――そんな思いが湧きあがって唯子は切羽つまった声を出した。

そのとき――。

「おばさん……」

傍らで声がした。

視線を向けると、冬子の横に今日子が立っていた。

「おばさん、あとで一緒にゲームをするっていったのに、ちっともきてくれないじゃないか。早くきてよ」

口を尖らせていった。

「あっそうだったよね。でも今、大事な話をしてるから、もう少しあとでね。必ず行くから」

慌てたようにいう冬子に、

「バカ女」

汚い言葉を残して、今日子はぱたぱたと奥の席に戻っていった。

「すごい子ですね、あの子は」

呆気にとられた思いで唯子が口に出すと、

「時々、ああした汚い言葉を私にぶつけるけど、そこはやっぱり子供だから大らかな目で見てやらないと。可愛いもんだわよ」

何でもないことのように冬子はいうが――あの生意気な今日子のどこが可愛いのか、唯子にはさっぱり理解できない。そんなことより行介だ。唯子は行介に視線を向ける。

「ひょっとしたら、俺のいうことは間違ってるかもしれないが」

こんなことを行介はまず、口にした。

「昨日、お腹のなかの子供の話をしたとき、唯子さんは涙を流した。俺はあの涙が、気になって仕方がなかった」

そういえば昨日行介は「今、唯子さんが流した涙を決して忘れないでほしい」――そんなことをいっていた。

「俺はあの涙を、お腹のなかの子供に対する愛しさだと感じた。せっかくできた子供を、葬り去る悲しさだとも感じた。この人は健太君への思いとは別に、純粋にお腹の子供に愛を持っていると」

考えてもいなかったことを、行介はいった。が、唯子の胸は鼓動を速めた。そして、

「気がついていないだけで、ひょっとしたらこの人は子供を産みたいと思っているんじゃないか、俺にはそんな気がしたんです」

この言葉に周りの音が聞こえなくなった。

また腹の奥が、むずっと動いたような気がした。

「違いますか、唯子さん」

行介の声に唯子は我に返る。

「あっ、私、そんなこと、一度も考えたことありません」

何とか声が出た。

「となると、俺の勘違いかなあ」

行介は独り言のようにいってから、

「ならいっそ、こう考えてみませんか。いろんな思いはあるだろうけど、とにかく産んでみようと。そうすれば健太君も納得して、万々歳じゃないですか」

とんでもないことを口にした。

「えっ、でも、そんなこと」

声が上ずった。

「どうですか、ここはひとつ苦労をしてみるのも……せっかくの人生なんですから、思いっきり苦労してみるのも楽しみのような気がしますよ。苦労を重ねたあとの充実感は、いいものです。健太君とのメリハリのない、ぬるい幸せもいいですが、苦労のあとにくる幸せはさらにいいような気がしますよ」

行介は健太との暮しを、メリハリのない、ぬるい幸せだといった。

「子供を産んで育てるのは大変なことには違いないけど、それに伴う幸せも確かにあるし。第一、女には産む権利があるわ。これは男にはない、女にしかない最高の特権」

これは冬子だ。何かの悲しみをぶつけるような悲痛な声に聞こえた。

「でも、産まない権利も」

細い声が出た。

「理屈っぽいことはいいたくないけど、子供にも生まれてくる権利がね……」

冬子はわずかに言葉を切り、

「行ちゃん、唯子さんに行ちゃんの手を見せてやって」

妙なことを口走った。とたんに行介の顔に苦痛の表情が浮んだ。そして唯子の前に、おずおずと右手を差し出した。

醜い手だった。掌のすべてが赤黒く爛《ただ》れて、ケロイド状になって引きつっていた。火傷の痕だ。

「行ちゃんは殺人を犯した。法的な罪の償いはすんでるけど、心のほうがね。その心を鎮めるために、行ちゃんはアルコールランプで自分の手を焼くという厳しい罰をいまだに与えている。それほど殺人という行為は……」

語尾が震えていた。

そういうことなのだ。唯子はすべてを納得した。殺人と堕胎……唯子の体のなかで何かが外れる音が響いた。

そのとき腹の奥が、また動いた。

この子が愛しいと思った。だが、ひとつの懸念が……。

「申し訳ない。えらそうなことをいって、おまけにこんなものまで見せて——だけど産む、産まないは、もちろん唯子さんの自由だから」

首をたれる行介に、

「いえ。悩んでいたということは、この子を産んでもいいという思いがあったということですから」

唯子は行介を真直ぐ見た。

「そこでひとつ、訊きたいことがあります。宗田さんは私の涙の話をしたとき、女と子供は、ワンパックという話をしました。それをもう一度嚙みしめてほしいと……理解はできるんですが、実感が湧かないんです。正直にいって、お腹の子に愛しさは湧くんですが、産まれてくる子供に対しては、そういう感情が湧かないんです。子供を育てる苦労には耐えられても、育っていく子供に対する愛しさがなければ悲しいことに――ワンパックというのに実感が湧かない原因はそんなところにあるんでしょうか」

思っていることを率直にぶつけた。

「ああ、それは」

行介は一瞬困惑の表情を浮べ、

「別に難しいことをいったつもりはないんですよ。たとえば、記念写真を思い浮べてください。そこに十年後の唯子さんが写っているとします。その隣に、小学生ほどの女の子の姿をそえてみてください。俺にはそれが、健太君と二人の写真より、どんな人との写真より何より、一番よく似合うと思えるんです。女性と子供の並んだ姿――俺にはそれが最高のワンパックのように思えたから。すみません。思わせぶりなことをいって」

ぺこりと頭を下げる行介を目の端に見ながら、唯子の脳裏には、小さな女の子と一緒に並ぶ自分の姿があった。確かによく似合った。ワンパックそのものだった。

だが、やっと納得はしたものの、現実の子供に対する思いは簡単には変らなかった。子供は自分勝手で騒々しい厄介な生き物。唯子の懸念は残ったままだった。

そのとき、何かが走ってきた。

今日子だ。

どんと冬子にぶつかってきた。

「何だよ。ちっともきてくれないじゃないか、バカ女。私がそんなに嫌いなら、どこかにすててきてよ。私は一人で生きてくから。どこかにすててきてよ」

冬子にしがみつきながら、今日子は悪態をついて喚《わめ》いた。喚きながら今日子は泣いていた。が、悪態をつきながら、今日子はしっかりと冬子の服をつかんで離そうとしなかった。

こまっしゃくれた今日子の顔は、涙と鼻水でべたべただった。唯子は唖然《あぜん》とした。初めて見る、本物の子供の姿だった。ふいに愛しさが湧いた。心が軽くなるのを覚えた。

「はいはい、じゃあ向こうに行って一緒にゲームをしようか」

今日子の背中を、冬子は何度もさすって立ち上がった。

「うん」

素直な声を今日子は出して、ちらっと唯子を見た。弱々しい目だった。今までの今日子はそこにいなかった。可愛いな……そんな思いが唯子の胸に湧きおこった。

冬子と今日子は寄りそって、奥に向かった。

後ろ姿だったがよく似合った。ワンパックだった。ぴたっと納まっていた。

思わず吐息がもれた。

「私、産みます。今夜、健太にすべてを正直に話します」

こんなことを叫んでいた。

拍手が響いた。

島木だ。島木が紅潮させた顔で、力一杯両手を叩いていた。行介の顔も綻んでいた。


その夜——。

食事がすんだあと、唯子はこれまでの出来事を正直に健太に話した。

「だから、健太のいった通り、子供を産んで籍も入れるつもり」

唯子はこういって、話をしめくくった。

だが、健太の様子が変だった。

「子供を産むって。そんなことをしたら、俺たちの生活は破綻《はたん》してしまう」

——何をこの人はいっているのだろう。

惟子はすぐには言葉の意味が理解できず、茫然自失《ぼうぜんじしつ》の状態だった。

「えっ、何それ。健太は子供好きで、もし妊娠したら産んだほうがいいって力説してたじゃない。どういうこと」

狐につままれた思いだった。

「確かに俺は子供が好きだ。しかし、それが現実に自分の身におこるとなると話は別だよ」

重い口調でいった。

「それじゃあ、健太が今までいっていたことは、全部嘘だったの」

まだ訳がわからなかった。

「子供と一緒に暮せたらいいと思っていたのは事実だよ。だけどそんなことになったら、生活できなくなるのはわかっていた。でもせめて、本筋だけは通そうと、ちょっと唯子が好きそうな、格好いいことを口にしただけというか」

信じられない言葉が飛び出した。

「ちょっと、格好いいことって——それじゃあ、健太はこのお腹のなかの子供を堕ろせっていうの。そういうことなの」

「できれば、そうしてほしいと思ってるよ。悲しいことだけど」

「そんなこと……」

言葉が出てこなかった。

「浮かれてないで、ちゃんと考えてみろよ。二人で働いてるから、人より少し贅沢な暮しができてるんだよ。それが子供を産むとなったら、唯ちゃんはしばらく仕事ができなくなるかもしれないし、そんなことになったら収入が激減して、大変なことになる」

理路整然と健太は話した。

「そこのところは、何とか二人で助け合ってやれば……」

「第一、ある程度大きくなるまで、俺たちは毎日子供に振り回されることになるんだよ。それで育児ノイローゼになって自殺をするお母さんもいるって唯ちゃん自身、いってたじゃないか」

確かにそうはいった。

「だから、夢みたいなことを考えてなくて、堕ろしてしまうのが一番の手段だと俺は思うよ。もう少し、現実を直視しろよ」

あの優しかった健太は、ここにはいなかった。いるのは——。

「じゃあ健太は、私がどうしても子供を産むといったら別れることになるっていうの。そういうことなの」

語気を強めた。

「養育費の問題もあるし、本当は別れたくないけど、そういうことになるかもしれない。もっとも、離婚したほとんどの男が養育費を未払い状態にしているようだけどね」

脅しのような言葉を、さらっといった。

「とにかくそういうことで、俺はもう寝るから。唯子もちょっと頭を冷やして真面目に考えてくれよ」

「真面目に考えてきたわよ、私はずっと」

怒鳴りつけた。

「とてもそうは思えないよ。いい、よく聞いてくれよ。今の日本では、子供は贅沢品。特に若者にとってはね」

そういって食事を残したまま席を立つ健太に、

「贅沢品なんかじゃない、授かり物――健太こそ、もっと真剣に考えてよ」

懇願するようにいうが、健太は無言で背中を向けた。

この状況を、どうしたらいいのか。

――あそこへ連れていこう。

必ず何とかなるはずだ。行介と島木と冬子、それに、こまっしゃくれた今日子のいる珈琲屋へ。あそこに健太を連れていけば。

だが、それでも、どうにもならなかったら。そのときは、自分一人で生まれてくる子を育てればいい。何とかはなるはずだ。何とかは……。

唯子は、妙に強くなっている自分を感じた。

これまでの自分ではなかった。

遠まわりの純情

体の調子は、かなりいい。

修造《しゅうぞう》は歩みを止めて、深呼吸をする。大丈夫だ。体のどこにも異常は感じられない。まだまだ元気だ。

三年前に中期の肝臓癌が見つかり、緊急手術をした。進行の速度は遅いということだったが、それでも肝臓の半分ほどを切り取った。それ以来毎年、再発予防の検査を受けてきたが、昨年まで異常なしの状態がつづき、完治というお墨付きが出た。

だが以前と較べて疲れやすくなっていることは確かで、無理な行動は極力避けている。長年働いてきた会社は何とか定年まで勤めあげ、修造は今、年金暮しをしていた。

「しかし、どうしたものか」

ぽつりと声を出して修造は呟く。

むろん、病気のことではない。修造は今、あることで悩んでいた。その答えを、そろそろ相手に伝えなければいけない時期にきていた。これ以上待たせることは、相手に対して失礼だった。

十分後――。

『珈琲屋』の前に立った修造は店の扉をゆっくり開け、ちりんという鈴の音を確かめるようにしながらなかに入った。

真直ぐカウンターに向かうと、

「いらっしゃい」

という、行介のぶっきらぼうだが、温かさのある声が耳を打った。

「こんにちは、修造さん」

カウンターの前に座っていた女性が、機嫌のいい声をかけてきた。

蕎麦屋の娘の冬子だ。

「おや、冬子さん。今日は、きょんちゃんと一緒じゃないんですか」

冬子は、大切な筋の預りものということで、大抵きょんちゃんという小さな女の子と二人でこの店にきているのだが、今日はその姿がなかった。

「今日はうちのお店が休みなので、お母さんと二人で出かけていきました。おかげで、こうしてここでのんびりとしています」

笑いながらいった。

「ああ、お母さんにとっては、お孫さんのようなものでしょうから、それは楽しいお出かけですね」

丸イスに腰をおろしながらいうと、

「いつものブレンドで、いいですか」

行介の声が飛び、お願いしますと修造は頭を軽く下げる。

「ついでにいうと――」

冬子がちょっと意味ありげな表情を見せた。

「島木君は、今日はここに一度も顔を見せていない。それほどお店が忙しいはずはないから、ひょっとしたら」

「あっ、こっちのほうですか。悪い癖が、また出ましたか」

修造は小指をぴんと立て、

「しかし、羨ましいですねえ、若い人は。実に羨ましい」

本音じみた言葉を口に出した。

「何をいってるんですか。修造さんだって、まだまだ充分に若いですよ。これからですよ、本当の人生は」

励ますように冬子はいうが、修造は今年六十一歳。還暦をすでにこえる歳だった。

「それに修造さんには四十年来の、綾子《あやこ》さんというお相手がいるじゃないですか。なまじの人にできる年月じゃないですよ。ねえ、行ちゃん」

冬子が行介に同意を求めると、

「熱いですから、気をつけて」

という声と同時に、湯気のあがるカップが修造の前に置かれた。そして、

「修造さんから綾子さんとのあれこれを聞いたときには驚きました。今時、こんな純真で真直ぐな人がいたんだって、正直、頭が下がりました」

いい終えて行介は、本当に頭を下げた。真摯《しんし》な様子に見えた。

「私だって感動したわよ。状況とスケールは違うけど、私と行ちゃんの今の関係によく似てる気がして。だから私……修造さんの話を聞きながら、鼻の奥がつんとしてきて、目頭が熱くなるのを感じた」

冬子が早口で一気にいった。

行介と冬子の言葉を聞いて、修造は心のなかで手を合せた。

普通の人間が修造のその話を聞けば、

「莫迦なんじゃないか、じいさん」

こんな言葉が返ってくるのが落ちだった。

それを行介と冬子、そしてそのとき一緒にいた島木の三人は、茶化すことも蔑《さげす》むこともなく、ごく自然に耳を傾けてくれた。有難かった。嬉しかった。そのとき修造の胸に湧きあがった言葉は、

「ここに、知己がいた」

その一言だった。

「あの、実は、その綾子さんのことで、みなさんにご相談したいことがあるんです。どうしたものか迷いに迷って……今までこのことだけは口に出さなかったんですが、切羽つまりまして」

熱いコーヒーをひと口飲んでから、修造は行介と冬子に目を向けた。


修造が倉科《くらしな》綾子と知り合ったのは、今から四十三年前の夏だった。

修造の実家は鎌倉《かまくら》の鶴岡八幡宮《つるがおかはちまんぐう》の裏手で、従業員三人ほどを雇って給湯設備の販売取付事業をしていた。

家業は三つ年上の兄が継ぐことに決まっていたので、当時高校三年だった修造は卒業を機に家を出て、東京の繊維メーカーに就職することが内定していた。

その高校生最後の夏、修造はアルバイトに明け暮れた。初めての東京暮しのために、できるだけ貯えが欲しかった。

場所は湘南《しょうなん》の海だった。

夏ともなれば、あちこちの砂浜に海の家がずらっと並んだ。修造はそのなかの一軒をアルバイト先に決めた。思い出の残る場所で働きたかったし、ひょっとしたら、あまい恋物語が……そんな淡い期待もあった。修造はこれまで、女性とつきあったことが一度もなかった。

仕事は、飲物や食べ物をテーブルに運んだり、残り物の始末や皿洗い。それに浮輪の貸し出しや脱衣所、シャワー室の管理などけっこう忙しかった。

そんな修造の働く海の家に、ふらっとやってきたのが倉科綾子と礼子《れいこ》の姉妹だった。

その日は快晴で、海の家は人で溢《あふ》れていた。二人が頼んだコーラをテーブルに運ぶ修造の胸は、音を立てて踊っていた。

綾子も礼子も美しかった。

二人ともすらりと背が高く、体も締まっていて、水着の下から伸びる両脚を修造は直視できなかった。ただ残念だったのは、どこからどう見ても二人は修造より年上……しかし、そんなことはどうでもよかった。年上だろうが何だろうが綺麗なものは綺麗、好きなものは好きだった。

そう、修造は一瞬で恋に落ちた。

相手は姉の綾子のほうだった。妹の礼子は日本的な顔立ちの美しさだったが、綾子のほうは西洋風の、目鼻立ちのはっきりした顔立ちで、それでいて頰から顎にかけての線は繊細で柔らかく、そのバランスの崩れが妙な魅力を感じさせた。

そんな思いを胸に、コーラの入ったグラスをテーブルに置こうとした修造の手は震えていた。それを悟られまいと力をいれたとき、グラスが大きく揺れた。中身の半分ほどがテーブルにこぼれて飛びちり、綾子の胸元にかかった。

「あっ、すみません」

慌てる修造に、

「大丈夫よ」

何でもない口振りで綾子はいった。

「いえ、とにかく、代りのコーラと何か拭く物を持ってきますから」

大慌てでいうと、

「全部こぼれたわけじゃないから、これで充分。それに、もともと濡れているんだから、君が気にすることなんてないわ」

さらっといった。

「しかし、そんなこと……」

顔が火照《ほて》ってくるのを修造は感じた。

「いいのよ、気にしないで」

傍らで二人のやりとりを見ていた礼子が、笑いながら声をあげた。

「お姉さんはいつもざっくばらんで、何が起きてもすべてこんな調子だから、そんなに困った顔をしなくても大丈夫。心配するだけ、損」

優しくうなずいた。

「はあっ、そういうものですか。でも、僕としては……」

「君は真面目なのね。いくつなの」

綾子は、いきなり年を訊いてきた。

「十八です。名前は――」

といいかけて修造は言葉をつまらせた。年を訊かれただけで、名前までは訊かれていない。というより、そんなことを知りたいはずがない。しかし――。

「そこまで口にしたら、最後までいったら。ちゃんと聞いてあげるから」

面白そうに綾子が、けしかけるようにいった。

「広瀬《ひろせ》修造といいます。家は鎌倉市内で給湯設備の販売をしていて、ここで二十五日までバイトして、来年は繊維メーカーに就職して東京に出ます」

一気に早口で、いいたいことをすべて口に出した。

「そうなんだ。いろいろと丁寧に教えてくれて、ありがとうね」

綾子は笑いで顔を一杯にし、

「じゃあ、私たちのほうも、お返し」

こんなことを口にした。

「私は倉科綾子、二十八歳。こっちは妹の礼子で、二十四歳。家族は、母は早くに亡くなって父との三人暮し。住んでいるのは来年、修造君が行くという東京で、ここにいるのは、あと二日間」

綾子はすらすらとこういい、

「これで情報の数は、私のほうがひとつ多くいったことになるわよね」

子供のような理屈を並べたてた。

しかしそんなことより修造は、綾子が自分の名前を躊躇《ためら》いなく口にしてくれたのが嬉しかった。

「僕の家族は、両親と家を継ぐはずの兄との四人暮しです。すみません、丁寧さが欠けていて」

すぐに足りなかった部分を補って、修造は胸をなでおろす。

「君は本当に、真面目な子なのね」

綾子はちょっと感心したようにいい、

「それなら、こっちはおまけ。私たちが住んでいるのは上野駅の近くだから、来年その辺りにくれば、また会えるかもしれない」

どちらが真面目だかわからないことを綾子は口にしたが、最後の言葉に修造はどきりとした。また会えれば、そんな嬉しいことはない。

厨房のほうから声がかかった。

「こら、修造。いつまでくっちゃべってんだ。このクソ忙しいときによ」

三つ年上のバイトで平井《ひらい》という、ちょっとヤクザがかった男だ。

「あっ、はい。すぐに戻ります」

声を張りあげると、

「また明日もくるから、修造君」

笑いながら、なんと綾子が小さく手を振った。慌てて頭を下げて厨房前のバイトたまりに戻ると、

「おい、あの美人たちと何を話してたんだ。どうやって、きっかけを作ったんだ」

睨むような目で平井が修造を見た。

「別にきっかけなんて、世間話をしてただけです。ただ、明日もくるっていってましたけど」

ぽろりと本音をもらす修造に、

「ふうん、明日もくるってか……何でもいいけどよ、てめえ、いい気になってると、シメてやるから覚悟しとけよ」

平井は凄《すご》んでみせた。

次の日もいい天気で、午前中から人出も多かった。

そんな人の波を修造は真剣な表情で見回す。綾子の姿を探しているのだが、そう簡単に見つかるはずがない。それでも修造は人の波を睨みつける。そんなことをしなくても、昨日の言葉が本当なら店で待っていればいいはずなのだが、ただそれだけでは修造にはもどかしかった。

午後になった。

まだ、綾子たちの姿はない。

焦りのような思いが、修造の胸に湧きあがる。下腹の辺りが重くなっていた。ひょっとしたら、もうこないのでは、一生会えないのでは……こんな気持が修造の全身をすっぽりとつつみこんだ。体が小さく縮みこんだ。

そして夕方になった。

綾子たちは、とうとう姿を見せなかった。

「おい、修造。あの綺麗な姐ちゃんたち、今日はこなかったな。ちょっと話が弾んだからといって、いい気になってるからこんなことになるんだ。てめえは、いいようにからかわれただけなんだよ。莫迦野郎が」

修造のしょげた様子を眺めて、平井が嬉しそうにいって嘲笑《あざわら》った。

綾子たちが東京に帰る日になった。

修造は恨《うらめ》しい思いで空を見ている。

あいにくの曇り空で風も出ていた。海に入るには少し肌寒く、昼を過ぎても砂浜の人出は少なかった。こんな日に、綾子たちは海にやってくるのだろうか……考えれば考えるほど修造の心は沈んで萎《な》えていく。

平井が声をかけてきた。

「いくら眺めてたって、あの姐ちゃんたちは、もうこねえよ。昨日もいったじゃねえか。いいようにからかわれただけだってよ。まったく、おめでたい野郎だぜ、てめえってやつはよ」

いかにも嬉しそうにいった。

「大体、ネクラで口べたなてめえが、女に好かれるわけがねえだろうが。そんなことはちょっと考えてみりゃ、わかるだろうよ」

平井の声を聞きながら、修造はこみあげるものを感じていた。気がつくと目に涙が滲《にじ》んでいた。むしょうに悲しかった。

「なんだ、泣いてるのか。まったく、女みてえな野郎だな、てめえはよ。どうだ、もっと泣かせてやろうか、ええっ」

はしゃいだ声をあげて、平井がどんと修造の肩を突いたとき、すぐ近くから大きな声が響いた。

「どうしたの、修造君」

視線を向けると、綾子と礼子の二人が立っていた。修造の全身に歓びが走った。とたんに滲んでいた涙が溢れた。何とか止めようとしたが無理だった。鼻をずずっとすすった。

「いい大人が、こんな子供を苛めて、どうするのよ。何があったか知らないけど、少しは恥を知ったらどうなの」

綾子は平井を怒鳴りつけた。

「俺は別に何にも」

ぼそっと口に出す平井を無視して、

「ごめんね。昨日は礼子の体調が急に悪くなって、こられなかったの。それで今日は、とにかくこなければと思って」

いかにもすまなそうに、綾子はいった。

「いえ、そんなことは」

何とか声を絞り出すと、

「とにかく、なかに入ろうか。コーラでも持ってきてくれる」

優しくうながして綾子と礼子はなかに入り、テーブルについた。平井はいつのまにかいなくなっていた。

厨房前に戻ると、そこに立っていた平井が睨んできたが、修造は気にならなかった。何があろうと、綾子たちは姿を見せたのだ。修造は、その嬉しさで一杯だった。睨みつける平井を無視して修造は手早くコーラをグラスに注ぎ、急いで綾子たちの前に運ぶ。

「何があったの」

綾子が、すぐに声をかけた。

「それは、その」

いいあぐねる修造に、

「ひょっとして、私たちのこと。あの人、一昨日も変な目で私たちを見ていたし——ちゃんと正直に話しなさい」

教師のような口調でいって、よく光る大きな目で修造を見た。

「あの、実は——」

と修造はこれまでのいきさつを、ざっと二人に話して聞かせた。元々修造は、嘘のつけない性格だった。

「そういうことなのか。ごめんね、私たちのために。それなら——」

綾子がニマッと笑った。本当に、ニマッとだ。

「罪ほろぼしに、夕食を修造君にご馳走しちゃおうか。どう、この提案は」

「えっ、夕食を僕にですか」

驚いた。そんな嬉しい話が転がりこんでくるとは。胸が騒《ざわ》ついた。礼子のほうを見ると小さくうなずいている。本物だ。

「嫌なら嫌で、いいんだけどね」

少し意地の悪い、いい方を綾子がした。

「そんなことは絶対にありません。何があっても行きます。死んでも行きますから」

叫ぶような声を出した。

「それなら、私たちはこれから荷物を駅に預けて市内観光でもしてくるから、何時にどこで待ち合せればいい」

そのとき初めて気がついた。

綾子たちは水着ではなく、ブラウスにジーンズ姿だった。おまけに、傍らにスーツケースが置いてあるということは、綾子と礼子は宿をチェックアウトしてからここにきたということだ。

「あの、いいんですか。帰りの時間が遅れてしまっても」

修造は、恐る恐る声を出した。

「いいわよ。別に帰り時間を決めてたわけじゃないし」

はっきりした口調でいう綾子に、

「それなら、六時半頃に八幡様の前で……」

蚊の鳴くような声になった。

いつもはもっと遅くなるのだが、この天候ならきっと早じまい。もしそうならなければ、店を辞めてでも行くつもりだった。

「じゃあ、それで決まり。お店は鎌倉在住の修造君に任せるから、よろしくね」

話はすんなり決まり、修造は夢心地の思いでバイトたまりに戻る。とたんに平井が声をかけてきた。

「てめえ、よくも俺をコケにしたな。ちょっと裏まで顔を貸せ」

ドスの利いた声で、修造の服をつかんで歩き出した。ちらっと綾子のほうを見ると、大きな目が修造の顔を凝視していた。

店の裏に行ったとたん、平井のごつい掌が修造の左頬に飛んできた。頭がじんと痺《しび》れた。少し遅れて血の味が口中に広がった。どうやら唇が切れたらしい。

「これから毎日、てめえをいたぶってやるから、有難く思いやがれ。いっとくが、俺はこの辺りのヤクザと関わりのある人間だってことを忘れるな」

店に戻ると、睨むような目で綾子が修造の顔を見てきた。そして、すっと立ちあがって、修造と平井の前にやってきた。

「殴ったんだよね」

ぼそっといった。

「だったら、なんだ。何か文句でもあるのか。ええっ、綺麗な姐ちゃんよ。いっとくが俺はこの辺りのヤクザとは――」

と平井がいったところで、綾子が言葉を発した。低い声だった。

「どこの組か教えてくれる。私の父親はそのスジに影響のある立場で、関東の組長連中にはけっこう顔が利くから、それ相応のオトシマエはつけてあげる。指くらいは覚悟しときなさいよ」

また、ニマッと笑った。不気味な顔だったが、綺麗だった。

平井の顔色が変るのがわかった。すうっと白くなった。

「あの、嘘です。俺はただのヤンキーで、ヤクザの組とは何の関係もありません。全部ハッタリです。だから許して……」

早口でまくしたてて、いきなりその場に土下座して額を床にこすりつけた。大きな体が小刻みに震えているのがわかった。

「ふうん、それならそれでいいけど。今日のことを肝に銘じて――」

「はいっ。もう人を脅すようなことはいたしません。おとなしくします」

綾子は視線を修造に移し、

「じゃあ、六時半にね」

そういって、テーブルの上に代金を置いて店を出ていった。

しかし驚いた。綾子の父親がヤクザの関係者で、それもかなりの大物だったとは。修造の背中に一瞬、ひやっとするものが走った。ぶるっと体が震えた。


六時二十分に鶴岡八幡宮に行って綾子たちを待っていると、六時半ぴったりに二人は姿を見せた。

「で、どこへ連れていってくれるの。きっと地元の人ご用達の、おいしいお店だとは思うんだけどね」

楽しそうに綾子はいうが、高校生の修造にそんな店の心あたりはまったくなかった。考えに考えたあげく、綾子たちを連れていったのは八幡宮脇にある、小さな喫茶店だった。

「すみません。僕はここの店ぐらいしか知らないもので。でも、ここのオムライスはすごくおいしいです」

店に入り、奥の席に陣取った修造は上ずった声をあげる。

「じゃあ、私はオムライス」と綾子は声をあげ、すぐに礼子もそれに倣う。

三人で、食事が始まった。

「あの、ちょっと訊きづらいことを……」

スプーンを持つ手を止めて、おずおずと修造は切り出した。

「昼間、綾子さんのお父さんはヤクザ関連の人だといってましたけど、そうなると綾子さんは、ヤクザの大御所の娘さんということになるんですか」

しごく当り前のことを訊いた。

「そうね。理屈からいけば、当然そうなるよね――で、修造君は私がヤクザの娘なら、もうこれ以上関わるのはやめよう。そう思っているわけね」

ひやりとした口調でいった。

「そう思えるんならいいですけど、そう思えないので困っているんです。ヤクザの娘さんだろうが何だろうが……」

ぽつりと言葉を切った。

「何だろうが、どうしたの。はっきりいいなさい」

よく光る目が修造を睨みつけた。

「あっ、その、何というか……何がどうしようがこうしようが、好きなものは好きだというような」

首のつけ根まで熱くなった。

息苦しくなって修造は喘《あえ》いだ。

「へえっ、修造君は私のことが好きなの。一昨日、会ったばかりなのに」

と綾子が素頓狂《すっとんきょう》な声をあげたところで、隣の礼子がくすっと笑った。

「お姉さん、もうそのあたりで許してあげたら。ちょっとやりすぎ」

妙なことを口にした。

「そうね。じゃあ、本当のことをいうとするか、あまり苛めてもかわいそうだし」

綾子はいたずらっ子のような口振りでいい、

「あれは全部、嘘。どうせあの男の言葉もハッタリだと思って、こっちもそれ以上のハッタリをね。本当のことをいうと、うちの父はちゃんとした会社勤めでそっちの方面には、まったく縁のない人」

修造の全身から一気に力が抜けた。

残ったのは心持ちの良さ。ほっとした。

「まあ、バレたら警察に駆けこめば、それですむ話だから、大したことじゃないわよ」

屈託《くったく》なく口にする綾子に、

「びっくりしました。でも正直、気が楽になりました。僕は荒っぽいことには、まったく縁のない生活を送ってきましたから」

大きく息を吸いこんで修造はいう。

「そこが大きな問題。昼間の件でも、殴られてから一発でも相手にやり返したの――返してないでしょ。それが何とも気になって、つい、しゃしゃり出たんだけど」

「それは無理よ、お姉さん。人にはそれぞれ、生まれついての性格というのがあるんだから。そんなこと修造君に要求しても、かわいそうなだけ。人それぞれで、自然に生きていけば、それでいいのよ」

と、すぐに礼子が助け船を出してくれた。

「それはそうなんだけど——まあ、私に愛の告白をしただけ立派ということで許してやるか」

愛の告白と綾子はいった。

修造の胸が騒いだ。

しかも、綾子の機嫌は決して悪くない。ということは、ひょっとしたら綾子も自分のことを気に入って……思わず笑みが浮んだ。その笑みを敏感にとらえたのか、すぐに礼子が声をあげた。

「修造君。愛の告白をして、否定されなかったからといって浮かれちゃ駄目。うちのお姉さんは弱い人や気の小さい人、世渡りのへたな人や、人づきあいがうまくできない人——そういった駄目人間にすぐ手を差しのべたがる変な性格の人。だから否定されなかったから肯定されたなんて思いこんだら、酷い目にあう。そのへんは充分に気をつけて」

「あっ、そうなんですか」

とたんに修造はしょげた。

「それに、年が違いすぎるしね」

これは当の綾子だ。

「年の差なんて、どうでもいいんです。好きなものは好き。この気持に変りようなんてないですから」

むきになって言葉を出す修造に、

「まあ、ゆっくりいこうよ。来年、君は東京に出てくるんだし」

のんびりした口調で綾子はいう。

「その件ですけど、よければちゃんとした住所と電話番号を教えてもらえますか」

勇気を出していってみた。

「いいわよ、それぐらい」

すぐにこんな言葉が返ってきて、住所と電話番号を綾子は教えてくれた。それをメモする修造の様子を見ながら、礼子が呆れ顔で軽く首を振るのが目に入ったが気にならなかった。修造は有頂天だった。ついでに自分の家の住所と電話番号もメモに書いて、綾子に渡した。

「いくら電話番号を教えたからといって、毎日は電話しないでよ。世の中には、ほどというのがあるからね」

いちおう、釘を刺してきた。

こんな調子で夕食は和《なご》やかにすすんだ。

今回鎌倉に来たのは、来月結婚式をあげる妹との四泊五日の記念旅行だと綾子はいった。そして昨日の礼子の調子の悪さは、結婚をすぐ間近に控えた女性のマリッジブルーだともいった。

「女性って、修造君が考えている以上に繊細な心を持っているってことを、忘れないようにね」

綾子はこういってから、

「礼子が結婚して、とうとう家には私だけが居残り。ということは確実に婿養子を迎えなきゃいけないことになるんだろうなあ」

綾子は独り言のようにいい、

「あ、あ、あっー」

と大きく伸びをした。

子供のような仕草だったが、修造にはそれがとても可愛く見えた。

このあとも話が弾み、修造たちは閉店近くまで店にいて、綾子と礼子は東京に帰っていった。

「オムライス、とてもおいしかった」

こんな言葉を最後に残して。

この後、修造は一週間に一度ほど綾子に電話をし、他愛のないやりとりで時間を過ごした。修造にとっては楽しすぎるほどのひとときともいえた。

そして次の年の春、修造は就職のために上京して、東京に住みつくことになる。当然、綾子と会う回数も増えて親密の度も高まっていくのだが、事態は思うようには進まなかった。

奇妙なズレ――。

そんなものが体と心のすべてを徐々につつんでいくのを、修造は感じていた。

修造が東京に出てきてから、一年ほどが過ぎた。

綾子とは二週間に一度くらいの割合いで会って、どこかに出かけた。といっても出かける範囲は、綾子の住んでいる上野界隈か浅草辺りで遠出はなかった。

綾子は朝が苦手なため会うのはいつも昼過ぎで、どこかの喫茶店で待ち合せて話に花を咲かせ、それに飽きると店を出て周辺を散策した。時には映画を観たり、当時流行っていたボーリングに行ったりもしたが、それ以上の進展はなかった。

そんななか「家のほうへ一度遊びにくる?」と綾子が修造を誘った。

綾子の父親は製薬会社の研究室に勤めているということだったが、昨日から関西に出張していて四、五日は帰ってこないと綾子はいった。妹の礼子はすでに嫁いでいるため、家にいるのは綾子だけ——若い修造の心はいやが上にも躍った。

その日の昼過ぎ、修造は初めて綾子の家の前に立った。

和洋折衷の、古いがよく手入れされた大きな家で、立派な庭もあり、周りは高い煉瓦《れんが》塀《べい》で囲まれていた。由緒ある格式高い家——綾子の別の一面を見た思いがして、修造は体が竦《すく》むのを覚えた。

玄関の呼び鈴を押すと、すぐに「はあい」という声が聞こえ、木造りの大きなドアが開いて綾子が顔を出した。

「いらっしゃい、修造君」

綾子は愛想のいい声で修造を迎え、二十畳ほどの居間に通した。厚い絨毯《じゅうたん》敷きの部屋には高そうな革張りの応接セットが置かれていて、その長イスに修造は座らされた。

「すぐに、コーヒー持ってくるから」

綾子は奥に引っこみ、しばらくすると、湯気のあがるコーヒーカップをトレイに載せて戻ってきてテーブルに並べた。

「さて——」

向かいの長イスに座った綾子は、叫ぶような声を出して自分のコーヒーカップを手にし、

「乾杯しようか、修造君」

厳かな顔でいった。

「あの、コーヒーで乾杯ですか」

修造は怪訝な声を出す。

「乾杯なんて何でもいいのよ。音が出さえすればね」

機嫌のいい言葉に修造は慌ててカップを手にして、綾子のカップにカチンとぶつける。

ごくりと飲みこんで大きく肩で息をする。

「あの、綾子さんの家は由緒正しいというか、偉い人の家柄というか、歴史のある家なんですか」

気になっていたことを訊いてみた。

「そんなんじゃ、ないわよ」

綾子の顔がくしゃっと崩れた。

「ただ単に、お金儲けのうまい先祖がいて、こんな家を建てただけのことよ。多分、よほど悪いことをしてきた結果だと思うわ」

面白そうにいった。

「はあっ、そういうもんですか」

何だか煙に巻かれたような気になり、気の抜けた返事を修造はする。

「そんなことより、東京へ出てきてそろそろ一年。どう、この街にも仕事にも慣れた」

真直ぐ修造を見つめた。

どきりとするような目だった。

「東京の街は大きすぎてなかなか慣れませんが、仕事のほうは何とか――」

どぎまぎして答えた。

修造の仕事は織りあげた繊維の見本帳を持って東京中のアパレルメーカーを回り、注文を取ってくる営業職だった。ついこの間までは、ベテラン社員の後についてメーカーを回っていたが、ようやくその時期も終って独り立ちしたところだった。そのことを綾子に告げると、

「へえっ、いよいよ独り立ちか、よしよし。といっても、まだ十九歳の子供だもんなあ」

あっけらかんといって喜んではくれたが、なぜか年を気にしていた。

「えっ、でも来年は成人式ですよ。大人ですよ」

少しむきになって反論すると、

「二十歳なんて、まだまだ子供。そこから、ようやく大人になるための試練が始まるのよ――それに私は来年、三十歳。決して若くはない年になるのよ。やんなっちゃう」

子供のような口調でいってカップに手を伸ばし、ごくりと音を立てて飲みこんだ。

「ところで、修造君」

カップを皿に戻し、綾子はやけに神妙な声を出した。

「修造君は、私のどこが好きなの」

いきなりいった。

光る目だった。

「あっ、それは一目惚れですから。やっぱりまず、顔が目に飛びこんできて、心が揺さぶられて、それで、僕は……」

上ずった声を修造は出した。

「ふうん、やっぱり顔なんだ」

ぽつりといって綾子はしばらく黙りこみ、

「妹は日本的な美人顔だけど、私のほうは欧米風で、決して美人とはいえない顔のように思えるんだけど」

一気にまくしたてた。

何だか苛ついているように見えた。

「綾子さんは美人ですよ。誰にもまねのできない、個性的な美人ですよ」

修造も一気にいった。そうしなければならない気がした。

「そういってくれると嬉しいけど。でもね……」

綾子の目から光が消えていた。

「妹のような顔はなかなか老けないけれど、私のようなくっきりとした顔は老けが早くきて、しかもそれが目立つのよ」

掠れた声でいって、綾子はふいに目を伏せた。

心持ち体が縮んだように見えた。

周りの空気が湿りけを帯びた。

こんな綾子の姿は初めてだった。いつもの元気で大らかな綾子は、そこにはいなかった。強いていえば、それは……少女だった。それも思春期を迎えた少女の姿だった。

「綾子さん。だけど僕は、そんな綾子さんが大好きです。年を取ろうと老けようと、僕は大好きです。それに僕は、綾子さんの話すことや性格まですべてが好きなんです。これは僕の本心です」

修造は熱《いき》り立っていた。

訳のわからぬ何かに対して怒っていた。

綾子の目が修造を見た。少女の目だった。

「嘘っ……」

ぽつんといった。

静寂が周りをつつんだ。

「あの、綾子さん」

切羽つまった声を修造が出すと、

「よしっ」

と綾子は叫んで、両手で膝を叩いた。大きな音がして、あの光る目が修造を見ていた。背筋もぴんと伸びていた。

「ねえ、ひとつ訊きたいことがあるんだけど」

いつもの覇気のある声だった。

「修造君は、今日どんな気持でここにきたの。ひょっとして、何か下心を持ってきたんじゃない」

さらっと綾子は口にしたが、それは修造にとって弁解のできない、図星ともいえる言葉だった。

「あっ、いえ、それは」

修造は顔が真赤に染まるのを感じた。

「ふうん。やっぱりそうなんだ。そういう気持で修造君はここにきたんだ。私を何とかするためにね」

どういう加減か、綾子はやけに嬉しそうな声でいった。

「あの、それは、そういう気があったのは確かですが、今はもう、そんな気はありません。これは本当です。本当に本当です」

おろおろする修造に、

「本当にそうかなあ」

綾子は身を乗り出してきて顔を近づけ、修造の顔を覗きこんだ。

「でも、残念でした」

綾子は顔を引っこめ、妙なことをいった。そして「おおい」と男の子のような声を張りあげた。

その声に応えるように、奥につづく通路から人影が現れた。見知った顔だった。綾子の妹の礼子だ。

「お姉さん、人が悪すぎ」

礼子はこういって、綾子の隣にそっと腰をおろした。

「ごめんね、修造君」

呆気に取られた修造に頭を下げ、

「今日は父がいないから、久し振りに三人で集まって、積もる話でもして楽しくやろうということで声をかけたの」

いかにも、すまなそうにいった。

「それじゃあ、綾子さんは僕をからかったんですか」

声が震えるのがわかった。

修造は怒っていた。

すぐに礼子が声をあげた。

「そうじゃないの。この人は、こうと決めたら絶対にやりとおす人なの。でも、妙ない方だけど、決して悪気はないから許してやって。ちょっと性格がずれていて、人と違う行動をしてしまうというか……」

「ごめん。そんなに修造君が傷つくなんてまったく頭になかった。むしろ、私と一緒に大笑いしてくれるもんだと思っていた。ごめん、これからは気をつける」

綾子は両手を合せて、拝むような仕草をした。

こうまで二人にいわれたら、怒りを鎮めるしかなかった。何たってもう、そろそろ大人なんだから。修造は小さく深呼吸した。

「あっ、もちろんですよ。ちょっとびっくりしただけで怒ってはいませんから。そんな大人げないことはしません」

修造は鷹揚に笑ってみせた。

不思議と、怒りのほうも収まっていた。

それからはテーブルにケーキやクッキーも並んで、話に花が咲いた。

嫁いで一年ほどが経った礼子は、いかにも幸せそうだった。言葉の節々に張りが感じられ、表情も輝いていた。

「礼子さんは、幸せそうですね」

と笑いながらいうと、

「そりゃあ、そうよ」

綾子がすぐに口を開いた。

「相思相愛の恋愛結婚で、まだまだ新婚まっさかりだし。それに、お腹には、ねっ」

綾子は羨ましそうな視線を礼子に向けた。

「えっ、礼子さん、赤ちゃんができたんですか」

大きな声をあげる修造に、

「四カ月――そろそろお腹が大きくなってくるころ」

恥ずかしそうに礼子はいった。

「ねっ、幸せの絶頂期。あーあ、何だかやんなっちゃう」

独り言のように口にし、

「そうだ、修造君、踊ろうか」

綾子はさっと立ちあがり、部屋の隅に歩いていった。

部屋の隅にはセパレーツの立派なステレオが置いてあった。綾子は棚に並んでいるLP盤のレコードを一枚取り出し、ターンテーブルに載せた。ピックアップが動き出し、スローな曲が流れ出した。

この曲は修造でも知っていた。ルイ・アームストロングの『この素晴らしき世界』だ。好きな曲だった。

「ほら、修造君、早く」

綾子が手招きをした。

修造は恐る恐る立って綾子の前に行き、

「あの、僕、踊りなんて」

と情けない声でいうと、

「そんなこと、どうでもいいの。抱きあって体を動かしてれば、サマになるんだから」

綾子は修造の左手を握り、もう一方の手を腰に回した。そして修造の体を自分の体に強い力で引きつけ、ゆっくりと動き出した。修造は、綾子の動きについていくのがやっとの状態だ。

動きのぎこちない修造の首筋に、綾子の息がかかった。熱い息だった。

「なんで修造君は、私とこんなに年が離れてるのよ。なんでなのよ」

嚙みつくようにいった。

「そういわれても……でも、どれだけ年が離れていたとしても、そんなことは別に……」

やっと、これだけいえた。

「駄目っ、それは駄目」

悲しそうな声に聞こえた。

「ねえ、一度に年を取ることはできないの。十年くらい、一度にさっと」

無茶なことをいい出した。

曲が変って次の歌が流れ出したが、綾子は修造を離そうとしない。

「早く年を取りなさい、早く年を」

そんなことをいいながら、修造の体を抱きしめて踊りつづけた。

ようやく綾子が体を離したのは、六曲目が終ったころだった。

「あんたなんかに、出会わなきゃよかった、あんたなんかに。莫迦っ――」

呟くようにいってさっと体を離し、足早に礼子の隣に戻った。修造はどうしていいかわからなかった。が、とにかく、綾子の後につづいて修造も長イスに戻った。綾子に密着された体の部分が火照っていた。

「大丈夫、お姉さん」

心配そうに礼子が声をかける。

「大丈夫よ。若い修造君に、ちょっとサービスをしただけだから」

台詞を読むようにいう綾子に「そうね」と礼子はうなずき、

「修造君、ごめんね。お姉さんは時々ああして、エキセントリックになるけど、すぐに普通に戻るから」

何度も修造に頭を下げた。

「いえ、僕は綾子さんの性格には慣れてますし、嫌な気分になることなんてありません」

上ずった声でいった。体がまだ、熱を持っていた。そんな修造の顔をちらりと眺め、

「ただのエキセントリックじゃないわよ。これは、更年期障害よ、更年期」

何でもない口調で綾子はいった。

「お姉さん、更年期って。いくら何でも、そんな屁理屈を」

呆れた表情を浮べる礼子に、

「私は年を取るのが早いのよ、修造君と違ってね」

しれっと綾子がいった。

そんな綾子を見ながら、この人はやっぱり何かがずれている、何かが……そんな思いが修造の胸をふっと横切った。

「そうですよ。綾子さんは、まだまだ青春、真っただ中ですよ。綾子さんのことが大好きな僕がいうんだから間違いないですよ」

大胆なことを修造は口にした。ちょっと恥ずかしかったが。

「青春、真っただ中か――まあ、確かにそうには違いないけどね。じゃあ、誉めてくれたお礼に何か夕食をつくるわ、私」

どうやら気持は鎮まってきたようだ。

「えっ、お姉さん、夕食をつくってくれるの。嬉しいし、助かる」

礼子が小さく手を叩いた。礼子は礼子なりに気を遣っているようだ。

「お母さんが早くに亡くなってから、食事当番は私の役目だったからね。腕によりをかけてね」

確か綾子たちの母親が膵臓癌で亡くなったのは――綾子が小学六年生のときだ。それから綾子がずっと食事当番などを……綾子もけっこう、苦労をしてきているのだ。

「それで、お姉さん。いったい何をつくってくれるの」

「こういうとき、簡単で間違いのない、私の料理といったら」

クイズを出すようにいう綾子に、

「炒飯《チャーハン》っ――」

礼子が威勢のいい声をあげた。

「そう。修造君には、ちょっと物足りないかもしれないけどね」

「あっ僕は、綾子さんのつくるものだったら何でも」

修造も張り切った声をあげる。

「決まりっ」

と綾子は嬉しそうにいって、腰を上げた。

それから少しして、テーブルの上に綾子特製の炒飯と中華風のスープ、野菜サラダが並んだ。どれもおいしかった。炒飯の具はネギとハムだけだったが、胡椒と塩の加減が絶妙で文句のつけようがなかった。

「おいしいです、これ。本当においしいです」

目を輝かせて修造がいうと、

「ひゃっ！」

と訳のわからぬ言葉を綾子は出して、顔中で笑った。

食事がすむと、日が暮れかかっていた。帰りたくはなかったが、帰る時間だった。修造は、ぴんと背筋を伸ばした。

「あの、そろそろ僕は――」

と、口にした。

「そうね。明日も仕事があるからね」

綾子は止めなかった。

「礼子は今夜、泊っていくのよね。じゃあまたあとで、幸せ一杯の話をね」

こういって綾子は立ちあがり、修造もイスから腰をあげた。礼子も腰を浮かしかけたが、綾子がそれを止めた。
「礼子は、そのままでいいわ。私、ちょっと修造君に話があるから玄関まで送ってい
く」
小さく礼子にうなずいて「じゃあ、修造君」と声をかけた。修造は礼子に頭を下げて
礼をいい、先に立って玄関のほうに向かって歩いた。
玄関まで行き靴をはいてから後ろを振り向き、
「あの、話って」
と訊く修造の唇を何かが塞《ふさ》いだ。
綾子の唇だった。綾子の……そう理解するまで数瞬の時間がかかった。そして理解し
たとたん、修造の体は火のように熱くなった。胸の鼓動が壊れるほど速くなった。
綾子の唇は濡れていた。柔らかなものが修造の口のなかを動いていた。強い力で吸わ
れた。何が何だか、わからなかった。
どれほどの時間が過ぎたのか。
気がつくと綾子の唇は離れ、よく光る目が修造を見ていた。
「気をつけて帰ってね」
綾子の両手が肩に伸び、修造の体はドアのほうに向けられた。綾子がドアを開けた。
「じゃあ、また、修造君」

綾子はそういって、修造の背中を軽く叩いて送り出した。

呆然とした思いで修造は、玄関先に立ちつくした。

唇が痺れたように疼《うず》いていた。

修造にとって初めてのキスだった。


この後も今まで通り、綾子と会う日がつづいたが、変ったことは何もおきなかった。

あの夜の玄関でのキスの話を修造がしようとすると、

「えっ、そんなことあったっけ。何かの勘違いじゃないの」

綾子はこんなことをいって、まったく取りあわなかった。

そして、修造が二十歳になった、秋。

また、家にこないかという綾子からの誘いがあった。父親は関西に出張で四、五日は帰ってこないからと――前回と同様だった。たったひとつ違うのは、今回は夕方にきてほしいという点だった。いずれにしても、ゆっくり綾子と会えるのだ。多分、また礼子が同席しているだろうけど。

修造は五時頃、木造りの大きなドアの前に立って呼び鈴を押した。すぐに返事が聞こえ、ドアが開いて綾子が顔を覗かせた。

「いらっしゃい、修造君」

綾子は前回同様、修造を居間に通して革張りの長イスをすすめた。綾子の表情は硬かった。

すぐにコーヒーが出た。カップを手に、

「今夜は、礼子さんはどこに隠れているんですか」

と、おどけた調子で修造は訊いた。

「礼子は……」

綾子はちょっと言葉を切り、

「今夜はいないわ。今夜は私と修造君の二人だけ」

ざらついた声でいった。

二人だけ……にわかに修造の胸が騒ぎ出した。二人だけで、いったい何を。体中が固まって軋み始めた。

「実は、修造君に大事な話があってね」

ぽつりと綾子がいった。

——大事な話って……今度は体中を不安感がつつんだ。下腹の辺りが重くなって、息をするのも苦しくなった。どうせ、ろくな話じゃない。そんなことは、綾子の顔を見ればわかる。

「その前に、夕ごはん食べようか。どんなものがいい」

素直な声を綾子は出した。

「あっ、それなら炒飯をお願いします。あれはおいしかったですから」

本当はもう、夕食などどうでもいい気持だったが修造はいちおう、こう答えた。

三十分後——修造はおいしいはずの炒飯を口に運んでいたが、味はまったくわからなかった。とにかく皿の上の物体を口に押しこめなくては。それだけだった。

ようやく食事が終って、

「あの、大事な話って何ですか」

修造は自分のほうから切り出した。

胸が早鐘を打つように鳴っていた。

「実はね、修造君」

宙を睨むような目を、綾子はした。

「私、結婚することになっちゃった」

明るすぎるほどの声で綾子はいった。

修造の胸がどんと音を立てた。

「私も、とうとう三十になっちゃって——それで、お父さんの堪忍袋の緒が切れて、先月お見合いをさせられたの」

この当時、女性は二十五、六歳、男性は三十歳ぐらいまでに結婚するのが世間の常識になっていた。

「その返事を迫られていて、今週承諾の返事をね。だからね……式は今年の末、私が三十歳を超えないうちに挙げようということになって」

綾子は視線を床に落していた。

「そんなこと、嫌だ。そんなこと」

修造は叫んだ。

「私も嫌だけど、世のなかはそういう仕組になっているから、仕方がないのよ」

綾子も大声をあげた。

「だったら、僕と。なぜ、僕が相手じゃ駄目なんですか」

「年……修造君と私とでは年が合わない」

はっきりした口調で綾子はいった。

見合いをした相手の男性は、父親が勤務する製薬会社の関連会社に勤めていて、人となりも家族状況も仕事ぶりも、すべてがわかっていた。そして年も三十一歳と、綾子とはバランスがとれていた。

「なぜ――」

修造は綾子を睨みつけた。

「なぜ、年下の僕では駄目なんですか。年なんて、どうでもいいじゃないですか。もし、綾子さんが僕のことを好きなら」

「好きよ。私は修造君が大好き」

綾子は大好きと、はっきりいった。

「でも、やっぱり年がね。いい、考えてみて。修造君が働き盛りの四十代になったとき、私のほうは五十代……もう初老のおばあちゃんよ。皺やシミも多くなって、そんな私を見てきっと嫌になる。これが三つ四つならまだしも、十も離れていてはね」

一気にいって、綾子は大きな溜息をついた。

「そんなことはない。いくら綾子さんが年を取ったとしても、僕の気持は変らない。いくつになったとしても、僕は綾子さんを愛しつづける。この言葉に嘘はない」

怒鳴り声を修造はあげた。

「修造君はまだ若いから、そんな綺麗事をいってられるけど、それがいざ現実になったときには……人の心は変りやすいもの、誰も二十年、三十年後の自分なんて、わからない」

諭《さと》すようにいう綾子の目が、濡れているのがわかった。綾子は声を出さずに泣いていた。このとき修造は、いちばん悲しくて心を痛めているのは綾子だと気づいた。

二人の間に沈黙が訪れた。

「じゃあ、これはもう決定事項で、どうしようもないんですね」

ようやく声が出た。

「いいえ……」

と綾子はいった。確かに、いいえと。

「ひとつだけ、この決定事項を覆す方法がある」

修造は耳を疑った。

「そんな方法があるなら、教えてください。僕は何でもするつもりです」

思わず声が、ほとばしり出た。

「じゃあ、上へ一緒に行って」

綾子は修造をうながし、先に立って歩き出した。

連れていかれたのは、二階にある綾子の部屋だった。壁際にセミダブルのベッドがあった。「そこに座って」と綾子はいい、二人は並んでベッドの端に腰をおろした。

「今夜、修造君が私を抱いてくれれば」

喉につまった声を綾子は出した。

「僕が綾子さんをですか」

言葉を絞り出した。

「そう、今夜、私を抱いて、その結果、赤ちゃんができたら」

修造はごくりと唾を飲みこんだ。

「私はそれを運命だと信じて、修造君と結婚する。でも、もし赤ちゃんができなかったら、それが私の運命だったんだと思って、見合いの相手と結婚する」

理路整然といった。

ようやく、わかった。綾子はすべてを、運命という結果に懸けたのだ。

「どう、わかった」

綾子の言葉に修造は、首を縦に振る。

「二カ月もすれば、赤ちゃんができたかどうかはわかるはずだから、そのときは修造君に連絡する。もし、赤ちゃんができていなかったら、そのときはもう連絡しない。そして、それから先、修造君とは会わないことにする」

「そんな……」

「そう。だって、見合い相手と結婚した状況で会ったとしても、お互いに苦しいだけでしょ。それとも修造君は、結婚した後も私に会って苦しめるつもりなの」

「いえ、そんなことは絶対に」

重苦しい声を修造は出す。

「それから、電話や手紙のやりとりも一切なし。何にもなし……あっ、それではちょっと淋しすぎるか」

綾子はちょっと考えてから、

「年賀状のやりとりだけはしようか。もし、修造君が結婚したなら、年賀状にそのことを書いてくれる。めでたいことだし、私も安心するから」

ほんの少し、綾子は笑ったようだ。

「僕は結婚しません。綾子さんが、本当に幸せになるまで、僕は絶対に結婚しませんから」

「あらっ、それなら、毎年の年賀状は二人が幸せであるかどうかの知らせあい。そういうことになるわね」

綾子の声が湿りけを帯びてくるのが、わかった。

「じゃあ、修造君、抱いてくれる」

綾子はそういって、着ているものを脱ぎ始めた。

目の前に、下着をつけただけの綾子がいた。

綺麗だった。

眩しかった。

そして悲しかった。

その夜、修造は綾子と結ばれた。

綾子からの連絡は、その後一切なかった。

それから四十一年が経った。

ここまでは行介たちに話したことだったが、その後、状況が一変した。

ひと月ほど前、修造の許に一通の封書が届いた。裏を返してみると差出人は、倉科礼子とあった。胸が騒いだ。礼子は、綾子の妹だ。修造は慌てて封を切った。

時候の挨拶と長らくの無沙汰を詫びる言葉のあと、こんなことが書いてあった。

『お姉さんについて、修造さんにお話ししたいことがあります。もしよければ、お電話いただければ幸いです』

文面はこうあり、その横に電話番号が記してあった。修造の知っている、昔の電話番号と同じだった。ということは礼子は今、あの邸宅に住んでいるのだ。

修造は文面を睨みつけて考えた。

いちばん思い当たるのは、綾子の死だった。そのことを知らせるために礼子が……と考えてみたが、何となく違和感があった。普段の接触は皆無だったが、年賀状のやりとりだけは今でもつづいている。もし綾子が亡くなったとしたら、年賀状欠礼の葉書にその旨を書いて出せば事はすむ。今年も、あとわずか二カ月ほど、それをなぜ——。

どうしたものか修造はこれまで悩んできたが、いくら何でもこれ以上、何も返事をしないのは失礼だった。

修造はカウンターのなかの行介と、隣の丸イスに座っている冬子の顔を交互に見た。

「実はみなさんに、相談がありまして」

と沈んだ声を出したとき、扉の上の鈴が鳴り島木が入ってきた。

「おや、修造さん。今日もお元気そうで」

能天気な声をあげる島木に、

「これから修造さんの大事な話が始まるから、さっさとそこのイスに座って、島木君」

冬子が怒鳴るようにいうと、島木は修造の隣におとなしく腰をおろす。

修造はざっと話を三人にして、懐から問題の手紙を出してカウンターの上に置いた。

手紙は冬子から島木、そして行介の手に渡っていく。

「やっぱり、訃報なんだろうか」

重い声で行介がいう。

「でも、それなら修造さんのいっていた、年賀状欠礼の葉書ですむわけで、それをわざわざ話がしたい、それも綾子さんではなく礼子さんというのは……」

首を傾げる冬子に、

「何にしても、修造さんはずっと綾子さんと年賀状のやりとりだけはしていたんですね。そして、それは今年の正月にもきちんと届いていたんですね」

念を押すように島木がいう。

「はい、その文面は毎年ほとんど変らず、綾子さんのほうは『私は幸せです。修造君も早く結婚してください』というもので、私のほうは『なかなか結婚できません。縁結びの神様はどこかで昼寝をしているようです』——こんなやりとりが四十一年間つづいてきました。まるで中学生のようで、恥ずかしい限りではありますが……体の不調などは、何も書いてありませんでした」

掠れた声を修造は出す。

「へえっ、四十一年……ある意味、凄い話だわね。とても、私たちのような凡人にはできない気がする」

溜息をつくように冬子がいう。

「それだけ、修造さんと綾子さんは互いの心を通わせていたということだよ。いい換えれば、それだけ二人は、愛しあっていたということでもあると思うよ」

しんみりした口調で島木が口にすると、

「四十一年間の愛か……」

ぽつりと行介が言葉を出した。そして、

「これはもう究極というか、執念といっていい愛かもしれんな」

喉にからんだ声でいった。

「私の行ちゃんへの愛は、何をしたって拭《ぬぐ》えない執着心のようなものだけど、修造さんと綾子さんの愛は、もっと、どろっとした執念の心か。ちょっと意味あいが違うなあ」

さらっといって、冬子は行介の顔を睨むように見た。

「おい、冬子、それは」

行介の情けない声にかぶせるように、

「綾子さんは、誰が見ても変った感覚の持主というか、ちょっとズレた部分のある女性ですので、何がおきても不思議ではないですから」

まくしたてるように、修造はいった。

「それは、違うわ」

冬子が凜とした声をあげ、真直ぐ修造を見ていた。

「確かに綾子さんは、どこかがズレていると私も思う。でも、それは修造さんも同じこと。修造さんも、どこかがズレている。お互いがズレていなければ、四十一年間もこんな関係はつづかない」

「私も……ですか」

修造は驚きの声をあげた。

「そう。ただし、修造さんは真っ当なズレ方で、綾子さんのほうは奇妙なズレ方。つまり二人のズレの方向は正反対で、だからこそ重なることがないんだと思う。もっとも、ズレの原因は二人とも同じ——真剣すぎるほどの純粋な愛。二人とも真面目すぎるのよ」

冬子は一気にいって、悲しそうな表情を浮べた。

「ああっ、そういう考え方もあるんですね。私も綾子さんも、両方ともズレてるんですね。それも、どうにもならない方向に……」

両肩をすとんと落す修造に、カウンターのなかの行介がよく通る声をあげた。

「そういうことなら、礼子さんに電話をして、会ったほうがいい。それで、どんな結果が出ようともきちんと話を聞かないと駄目だ。逃げていては、誰のためにも何のためにもならない。礼子さんを通して、綾子さんは何か大事なことを修造さんに伝えようとしているに違いないんですから」

珍しく、急《せ》きたてるような勢いだった。

「そうですよ。礼子さんに会わなければ、話は前に進みません。綾子さんは修造さんより十歳上だということですから、もう、何がおきたとしても不思議ではない年です。そのことも踏まえて、腹を括って礼子さんに会って話を聞いてください。それが愛しあう者同士の、道ともいうべきものです」

柔らかな口調で島木がいい、

「それでも会うのが怖いということであれば、この珈琲屋で礼子さんに会うといい。ここなら、行さんも冬ちゃんも、そして不肖、この島木もいます。みんな修造さんの味方です。決して修造さんは一人じゃありません」

噛んで含めるような言葉を出した。

そうだ、決して自分は逃げていたのではない。誰かに背中を押してほしかったのだ。この行介たち、ここにいる人たちに。修造は決心した。ここで礼子に会おう……。

「綾子さんは今年、七十一歳。それでも修造さんは綾子さんが好きなのね。どんなに昔と変っていたとしても、修造さんの心は変らないのね」

冬子がいった。

「もちろんです。どんなに老いていたとしても、私の綾子さんに対する愛情は変りません。これだけは、はっきり約束できます。私だって、こんなに老いているんですから——ここで、礼子さんに会います」

叫ぶようにいった。

「それを聞いて安心したわ。もし礼子さんの話が綾子さんの訃報ではなく、結婚の申しこみだとしたら——もちろん、これはひょっとしたらの話なんだけどね」

「承諾します、喜んで」

下腹に力をこめて修造は声を出した。

「決まりっ。それなら、なるべく早いうちに、ここで礼子さんとね」

冬子は大きくうなずいた。

三日後──。

会いたい旨を礼子に伝えた修造は珈琲屋の奥の席で、時間がくるのを待っていた。約束は夜の八時。あと五分ほどだった。

行介の好意で、店の扉には『閉店』の札がかかり、店内にいる客は修造一人だった。むろん、カウンター席には冬子と島木がつめていたが。

扉の鈴が音を立てた。礼子は八時ちょうどにやってきた。

「あの、閉店の札がかかっていましたが、よろしいんでしょうか」

礼子はカウンターに向かって怪訝そうな声をあげた。

「大丈夫です。今夜は修造さんの貸切りですから、そのまま奥の席へどうぞ」

行介の太い声に、礼子が何かを答えて奥の席に歩いてきた。修造は立ちあがって礼子のくるのを待つ。

「随分と久しぶりです、修造君」

すぐ前に立って、笑みを浮べながら頭を下げる礼子に、

「ご無沙汰しておりました。礼子さんもお変りありませんか」

修造も笑顔で言葉を返して頭を下げ、前のイスをすすめる。

二人が向きあって座ると同時に、行介が注文を取りにきた。修造も礼子もブレンドを

頼んだ。

「だけど、本当に久しぶり。あれから四十年以上ということは、修造君は今――」

「六十一歳になりました。まだ独り身です。髪もこんなに白くなって、正真正銘の老人になってしまいました」

ちょっと困った調子でいうと、

「あら私だって、もう六十七歳で完全な年寄りですよ。大きな声ではいわないけれど、中学生と小学生の孫もいるんですから」

両頬をゆるめていうが、日本的で柔らかな顔の礼子は、とてもそんな年には見えなかった。かなり若く感じられた。

そんなところへ行介が湯気のあがるコーヒーを持ってきて「熱いですから」といいながら、手際よくテーブルに並べる。

行介が去ったあと、修造と礼子はしばらく無言でコーヒーを飲んだ。そのコーヒーも飲み終って――。

綾子の名前が出てくるかと思ったが、礼子の口からは、相変らず孫の話や体調の話といった他愛のない話題がつづき、修造の胸は徐々に重苦しさを増していく。

「あの、綾子さんの件で、お話というのは」

とうとう、自分の口から綾子の名前を出した。

礼子の口がぴたっと閉じた。

「そうね。ちゃんと、話さないとね。いつまで躊躇っていても仕方ないですものね」

ようやく、こんな言葉が出た。

「姉は……」

礼子は一瞬、口ごもってから、

「姉は亡くなりました」

押し出すようにいった。

なかば想像していた言葉だったが、それでも修造の胸は切り裂かれるような鋭い痛みを感じた。

「そうですか、やはり……」

呟くようにいった。

全身から力が抜けていた。

「今年の年賀状には、いつも通りの元気な文章が書いてあって、そんな気配はまったく……急なことだったんですね」

台詞を読むように、口にした。すると、

「違います。姉が亡くなったのは、三十五年前のことです」

驚くような言葉が返ってきた。

一瞬、何をいわれたのか修造には理解できなかった。思考が停止した。

「あの、言葉の意味が……」

途方に暮れた声になった。

「そうですね。わからないですよね」

礼子はこういってから、

「修造君が姉に一目惚れしたように、姉もあの海水浴場で修造君を一目見たときから、好意を持ったんだと思います。でも、好意は持ったものの、姉がいちばん気にしたのが十歳という年の差でした」

ぽつりぽつりと状況を語り始めた。

「もし、修造君と一緒になっても自分だけが早く年を取って、まだ若い修造君に嫌われることになる――こんなことを、いつも口にしていました。でも、父のたっての願いで結婚を決めたとき、一大決心をして、ある行動をとりました」

ああっと修造は唸《うな》った。

「一度だけ体の関係をもって、もし赤ちゃんができたら私と一緒になるという……」

呻《うめ》くようにいった。

「そう……しかし、残念ながら子供はできず、姉は見合い相手と結婚しました。でも、意にそわぬ相手と一緒になってもうまくいくはずもなく、結婚生活は一年半で終止符を打ち、姉は家に戻りました。父もそれからは姉のことは諦め、生活は元に戻ることに。余談ですが父はその三年後、心臓を患って亡くなり、そのあとは私たち家族があの家に移り住むことになりました」

礼子がここまで話したとき、修造は思わず口を挟んだ。

「でも、当時の綾子さんの年賀状には離婚のことなどは一行も書いては――」

「修造君が誰かと結婚すれば姉も諦めがついたとは思うんですが、姉の結婚が破綻したと知れば、できる結婚もしなくなる……姉もいちおう、修造君の普通の幸せを考えてはいたんです。そしてやはり、自分の身になって考えれば、姉の頭のなかには十歳の年の差という現実が居座っていましたから、なかなか素直に正直なことを伝えるのは躊躇われたんだと思います」

と礼子はいった。

そんなことがあってから、三年後。

三十五歳になった綾子の身に、大変なことがおきたという。

左の頬骨の上に小さなシミができているのに綾子が気がつき、大騒動になった。直径二ミリほどの小さなシミで、化粧で充分に隠すことができるものだったが、

「こんなものが、顔のあちこちにできたら、私はどんどん老けていってしまう……」

こんなことを、しょっちゅう口走って塞ぎこんでいたという。

そして綾子は最後の手段に出た。

風呂場で右の頸動脈を剃刀で断ち切り、自殺を図ったのだ。風呂場は血の海となり、父親が発見したときには、すでに事切れていて為す術はなかった。

「そんな小さなシミのことで、自殺を！」

叫ぶような声を修造はあげた。

「たった二ミリほどの小さなシミも、姉にとっては致命的なものだった。これで完全に修造さんと一緒になれる可能性はなくなる――姉はそう思ったのよ」

「でも、何も死ななくても」

「姉は――」

睨むような目で修造を見た。

「姉は時間を止めたかったのよ。綺麗な顔のうちに終止符を打ちたかったのよ。綺麗な顔のまま、あっちへ行きたかったのよ。あっちは死んだときの姿のまま、年を取らないからとよくいってたから」

妙なことを礼子は口にした。

「そしてね、結婚してから死ぬまでの五年間――姉の本心は、修造君が自分を略奪しにきてくれることを心待ちにしていたみたい。略奪するほどの気概があれば、年の差もへったくれもなくなる。それが二人の運命なんだからと。でも、おとなしい修造君は、何の行動もしなかった」

「私はただ、ひたすら綾子さんから声がかかるのを待って、それで……」

修造は絞り出すような声を出した。

「そうね。姉は修造君の略奪を願い、修造君はひたすら、姉からの誘いを待った。これでは、噛み合うはずがないわね。それから、姉が死んでからも修造君に年賀状が届いていたのは、私が代りに書いていたから。姉の死を知ったときの修造君の心の動きがつかめなかったから。というのも……」

礼子はまた妙なことをいい、傍らに置いたバッグのなかを探って一通の封書を取り出した。

「これは、姉が死ぬ半月ほど前に、自分にもしものことがあったら修造君に渡してほしいといって、私に託したもの」

そっと、テーブルの上に置いた。

「遺書、ですか……」

声が震えた。

「そういうことらしいわね。でも、そのとき私は子育ての真最中で、姉が死ぬなんてことを考える余裕がなくて……もう少し姉の様子に気を配っていたらと、今でも反省してるけどね。そして」

と礼子は、修造の顔をじっと見た。

「何かあったとしてもすぐには渡さないで、十一年間は待ってから渡して。こんなことを姉はいった」

「十一年間ですか、それはまた、なぜ」

「十一年経てば、修造君は姉より一つ年上になる。今から考えれば、そういうことだと思うわ」

「うあっ」と修造は獣のような声を出した。

「もちろん、私は封書のなかは見ていない。でも内容は察しがつくから、これまで修造君には渡さないでおいた。だけど、やっぱり……」

礼子の顔には、悲しさと嬉しさが同居していた。

「じゃあ、私は帰ります。ごめんね。訳のわからないことばかり並べたてて」

礼子はそっと立ちあがり、カウンターに行って代金を払い、

「とても、おいしかったです。ありがとうございました」

といって背中を向けた。

扉の上の鈴が、ちりんと音を立てた。

それが合図のように、修造の目から涙が溢れ出た。悲しくて悲しくて仕方がなかった。

すぐに行介たちが、修造のテーブルにやってきた。

「どんな、話だったんだ」

島木が怒鳴るような声をあげ、修造は鼻をすすりながら、礼子との話の一部始終をつまりつまり話した。

「そんなことに、なってたの」

聞き終えた冬子が、驚きの声をあげた。

「で、その封書を修造さんは、どうするつもりですか。ここで開けますか、それとも」

これは島木だ。

「ここで開けます。家に帰って、一人のときに開けるのはとても無理です」

すぐに島木がカウンターに走り、ハサミを手にして戻ってきた。そのハサミを取って封書に刃を入れた。手が震えたが、何とか開けることができた。

なかには、折りたたんだ便箋が一枚。

『修造君が大好きでした　先に行って待っています　綾子』

たったこれだけだったが、すべてがわかった。

礼子のいった、謎めいた言葉の意味が。

そうなのだ。人は死んだときの姿のまま、あっちに行くのだ。死んだときの……。

修造は宙を睨みつけた。

傍らのハサミを握りこんだ。

「駄目だ、修造さん。それは駄目だ」

行介の声が、かすかに聞こえたような気がした。

居場所

扉を開けると、ちりんと鈴が鳴った。

なかに入って店内を見回すと客はテーブル席に三人が座り、あとはカウンターの前に常連らしき男女が一人ずつと、その向こうには――。

美沙《みさ》は何の躊躇《ちゆうちよ》もなくカウンターに行き、男の隣に腰をかける。多分この男が町内一のプレイボーイと噂されている島木だ。

「おや、これはまた、こんなうら若いお嬢様が、疲れはてた、やつがれの隣に。まことにもって光栄の至り」

嬉しそうな顔で、すぐに声をかけてきた。

「島木君。馴れ馴れしすぎる。少しは立場をわきまえて」

すぐに凜とした声が響いた。

冬子だ。誰が見ても美人だが、噂ではかなりのワケアリ。婚家を強引に飛び出して、今はまだ独り身のはずだが、その隣にちょこんと座っている小さな女の子は……。

「いや、冬ちゃん。俺はただ歓迎の意を伝えたくて……」

という島木のいい訳にかぶせるように、

「何にしましょうか」

カウンターのなかから、野太い声が響いた。

宗田行介だ。人を殺して服役していたという、ここ『珈琲屋』のマスターだ。

「あっ、ブレンドをお願いします」

ちょっと上ずった声を美沙はあげる。

行介は軽くうなずき、コーヒーサイフォンをセットしてアルコールランプに火をつける。そのとき、それが見えた。赤黒いものがちらっと。行介の右の掌だ。が、掌というのは案外見えにくい。それが何であったか、美沙には見当もつかなかった。

「おばさん、ゲーム」

小さな女の子が、冬子の膝を揺すった。

「あのね、きょんちゃん。今日はもう、相当やったでしょ。だから駄目」

諭すようにいう冬子に、

「何だよ、バカ女」

きょんちゃんという子はそういって、ふんと横を向いて頬を膨らませる。どうやら、かなり乱暴な子供のようだ。

「ごめんなさいね、驚かせて。この子は今日子ちゃんといって、知人から預かった、ちょっと癖のある子で。だから大目に見てやって」

と冬子が口にしたとき、美沙の前に湯気のあがるコーヒーが行介の右手で、そっと置かれた。やっぱり掌ははっきりとは見えなかった。美沙は行介の掌を見るのを諦めた。

「熱いですから、気をつけて」

行介がいった。穏やかな声だった。

両手でつまんだカップに口をつけると、本当に熱かった。ふうっと吹いて、ようやく口に含んだ。ゆっくり舌で転がして、こくっと飲んだ。まろやかな味がした。

「おいしいです」

カップを口から離して、ぽつんといった。

「そりゃあ、よかった」

行介の顔が綻んだ。とても人を殺した人間とは思えない温和な顔だった。

「いやあ、よかった——お嬢さんはこの店は初めてですよね。我々常連としては初めてのお客さんが、この店のコーヒーに対してどんな感想を抱くか、けっこう心配でしてね。特にお嬢さんのような、可愛い女性の意見に対しては」

歯の浮くような台詞を口にするのは島木だ。だが、不思議に嫌な気持は湧いてこない。

「ところで、お嬢さん。不躾《ぶしつけ》ではありますが、お名前を教えていただけませんか」

今度は猫撫で声だ。

「いいですよ」

美沙は一呼吸置いてから、言葉をゆっくりつづける。

「私の名前は細井《ほそい》美沙――住んでいるのは商店街の裏通りにあるアパートで、スーパー勤めの母親と二人暮し。けっこう、このお店の近くです」

すらすらと答える美沙の顔を行介、冬子、そして訊いてきた当の島木までが啞然とした表情で見ている。

「あの、美沙さん――でしたよね。そんなことまで、私たちのような見ず知らずの者に喋ってもいいんですか」

心配そうな口振りで冬子がいった。

「見ず知らずじゃないです。みなさん方はある意味有名で、名前はもちろん、大体のことはわかっています。だから、私のことを話したとしても、それは、おあいこということで大丈夫です」

「ああっ、なるほど、そういうことでしたか。それなら、お年のほうもよかったら教えていただけますか」

島木が遠慮ぎみに訊く。

「年は――」

ちょっと、つまりぎみの声をあげてから、

「十七歳です」

くぐもった声で美沙はいった。

「十七歳というと、高校二年生ですか。私はてっきり大学生かと。いや失礼しました」

「けっこう苦労してますから、それで大人びて見えるんだと思います——それから、高校は一年の時に中退して、私は今、無職のオチコボレです」

そういって美沙はカップに手を伸ばし、ごくりとコーヒーを飲みこんだ。

「そういうことなんですね。ということは、失礼を承知でいえば、美沙さんは何らかの理由があって、わざわざ、この珈琲屋にやってきた……」

島木はちょっと首を傾げ、

「すみません。初めてのお客が、いきなりこの店のカウンター席にやってくるときは、昔からそう相場が決まっていますから」

申し訳なさそうにいう。

「島木さんのいう通りです。私はある理由があって、ここにきました。そのひとつは」

美沙はぷつりと言葉を切った。

ごくっと唾を飲みこんだ。

「人殺しである、宗田行介さんの顔を見にきました。いったいどんな人が、殺人罪を犯したんだろうというのが知りたくて」

ちらっと行介の顔を見るが、何の変化もなかった。

「ちょっと、美沙さん」

冬子が険のある声をあげた。

「あなたが興味本位で行ちゃんの顔を見にきたのなら、このまま黙って帰ってくれる。そんな人と私たち、話す気にはなれないから」

一気にまくしたてた。

「いえ、私には――」

美沙が掠れた声を出すと、

「お姉ちゃん」

という子供の声が耳を打った。

「淋しいんだよね、お姉ちゃんも」

今日子が真直ぐ、美沙の顔を見ていた。こまっしゃくれた顔だったが、言葉のほうは優しげで美沙の心を揺さぶった。

淋しい……心の奥にある本当の気持をいい当てられた気がして、それまで張りつめていた心が破れた。

ふいに目頭が熱くなった。

「私は……」

思いきり鼻をすすった。

「自殺願望があって、それで、人の生き死にに関わった宗田さんに接すれば、ひょっとしたらそんな思いから逃れられるんじゃないかと思って。それで、だから、私は……」

美沙の本音だった。

「自殺願望って……」

行介だった。

顔色が変っていた。

「ごめんなさい、美沙さん。そんな思いつめた理由があったなんてまったく気づかずに、つい傷つけるようなことをいってしまって。でもどうして、自殺しようなんて思ったの」

冬子が心配そうに美沙を見ていた。

「そうです。よほどのことがない限り、そんな大それたことをしては駄目です――よかったら私たちに訳を話してみませんか。みんなで知恵を絞れば、いい考えが見つかるかもしれません」

優しい声は島木だ。

「はい、ありがとうございます。でも、今日はもう帰ります。頭を一度冷やして、出直してきます。すみません」

美沙は丸イスから腰を浮かせ、ポケットからコーヒー代を出してカウンターに置いた。三人に向かって、ぺこりと頭を下げて背中を向けた。

「きっと、きてくださいよ、美沙さん」

行介が重い声でいった。

「きっとだよ、お姉ちゃん」

今日子の声だ。

振り向くと、立ちあがった今日子が、真直ぐ美沙の顔を見ていた。心なしか両目が潤んでいるように見えた。

この子も不幸なのだ。

そんな思いを抱きながら、美沙はゆっくりと珈琲屋を後にした。


アパートに戻ると、駅裏のスーパーに勤めている母親の知可子《ちかこ》はまだ戻っていなかった。

時計を見ると六時ちょっと過ぎ。美沙は小さな溜息をついて、台所に向かう。コンロに置かれている鍋を覗くと朝の出がけに知可子がつくり置いた、カレーが入っていた。

鍋に火を入れ、カレーを皿に盛って無言で食べた。それが終れば、もうやることはなかった。自分の部屋である、奥の四畳半に入って鍵をかけた。ここに閉じこもって母親が朝、仕事に出かけるまで部屋からは出ない。美沙の居場所はここしかなかった。といっても、美沙が起きるのはいつも昼近くで、腹が空いていれば、買い置きのパンを焼くか母親がつくっておいてくれた料理を食べる。そして用があれば出かけるが、なければまた部屋に閉じこもる……毎日がその繰り返しだった。

美沙がこうした生活を始めたのは、一年ほど前から。きっかけは、中学三年生の夏休み明けの出来事だった。

その日、教室に入ると様子が変だった。

「お早う」と声をかけても、誰も返事をしてくれなかった。

嫌な予感がした。胸が騒いだ。苛め、という文字が頭のなかで踊った。とうとう自分に番が回ってきた。そんな気がした。

この二年半、美沙のクラスの女子の間では常に誰かが苛めの標的にされていた。標的にされる理由は特になく、強いていえば、暗黙のみんなの総意――リーダーシップのある誰かがそちらを向けば、みんなも何となくそちらを向いて苛めが始まる。自分の周りの誰かが生《い》け贄《にえ》にならなければ、毎日が過ぎていかなかった。

方法は、シカト。

これ以外での表立った行為は、学校にバレる恐れがあるということで厳禁だった。とにかく徹底的に無視をして、喋らない。相手を孤立させ、その様子を見て密かな歓びを共有する。陰湿だった。

夏休み前までは、クラス内での成績が後ろから数えたほうが早い子が、その標的にされた。自己主張のできない子で、おとなしさだけが取柄《とりえ》の女の子だった。

その子の落ちこみようは酷く、見ていられないほどで、美沙は他のクラスメイトにわからないように時折りその子に話しかけて元気づけた。多分、そうしたことが知られ、新しい標的にされた——美沙が時折り話しかけていたその子も、標的が変ったとたん、完全に美沙を無視して相手にしてはくれなかった。

美沙は腹を括った。

どのみち、あと半年もすれば卒業で、このクラスの連中とは別れることになる。それまで辛抱すれば、この地獄から逃れることができる。美沙は無視されるままに受験勉強に励み、みごと志望校に合格して胸を躍らせて新しい学校生活を始めた。

が、美沙の目論見《もくろみ》は外れた。

無視はされなかったが、親しい友達は一人もできなかった。最初はなぜなのかわからなかったが、あるとき、こんな噂を耳にした。

「細井美沙は暗すぎるし、我が強くて協調性がない……」

ようやく気がついた。無視されたあの半年の間で自分の性格は大きく変った。誰とも喋らず、肩肘張って頑張っていた自分の暗くて重い毎日が、いつのまにか体に染みついていた。そうとしか考えられなかった。悲しくて仕方がなかった。

美沙の居場所は、ここにもなかった。

美沙は入学して半年で高校に行かなくなった。

何もかもが面倒だった。

オロオロする母親には申し訳なかったが、心のほうが悲鳴をあげて、どうしようもできなかった。美沙は終日、部屋にこもるようになった。

そして、その一年ほど後、もっと大きな問題がおきた。


夕方の四時頃、美沙が再び珈琲屋を訪れたのは、最初に顔を出してから一週間が過ぎたころだった。

「おや、美沙さん。ようやく、きてくれましたね」

厳《いか》つい顔を精一杯崩して迎えてくれる、行介が眩しかった。

カウンターの前には先日同様、島木と冬子もいたが、どういう加減か今日子の姿は見えなかった。気になった。

「あっ、きょんちゃんでしたよね。あの子は、今日」

思わず口に出していた。

「私の母が見てるの」

冬子の言葉に、ほっとするものを覚えた。今日子の身に、何かがあったわけではないのだ。

「それを聞いて安心しました。何がおきても不思議ではない、世の中ですから」

「そうよね」

と冬子は小さくうなずき、

「美沙さん、きょんちゃんのこと気に入ったみたいね」

笑いながらいう。

「最初はあんまり言葉が乱暴でびっくりしたんですけど、何だか私のことを本当に心配してくれてたようで、嬉しくて」

少し弾んだ声でいうと、

「あの子は口は悪いし、乱暴だし、ちょっと見にはどうしようもない子に見えるけど、本当は心根の優しい、とってもいい子。けっこう強情ではあるけどね」

冬子は目を細めた。

「何となく、二人の性格は似ているような気もするしな」

カウンターの向こうの行介だ。

「私と、きょんちゃんが似てるっていうんですか。それって誉め言葉ですか、それとも、その逆ですか」

冗談っぽい言葉が飛び出した。こんなことを口にするのは、いったいどれほどぶりなのか。そう考えながら、ひょっとしたら、ここに私の居場所が……そんな思いが、ふっと胸をよぎった。

「もちろん誉め言葉ですよ。美沙さんの心の根の部分は、きょんちゃん同様、優しさそのもの。行さんはそういってるんですよ。私も思いは同じですけどね」

これは島木だ。

「私は人から心配されることなんて、ほとんどなかったんです。だから、先日のきょんちゃんの言葉に胸を打たれて、それで……」

美沙の鼻の奥が熱くなった。

「これからは、ここにいる三人。特に不肖、この島木は全身全霊を捧げて美沙さんをフォローしていくつもりですので、お任せあれ。むろん、十七歳の美沙さんをくどく下心などは微塵《みじん》もありませんので、ご心配なく。ただ、十年後の美沙さんに対してはお約束はできませんが」

と島木がおどけていって「なあ、行さん」と声を張りあげた。とたんに、

「お前の悪癖のことなど、俺は知らん」

行介が怒鳴るように答える。

冬子は呆れ顔で、二人のやりとりを聞いている。

「みなさん、仲がよくていいですね」

といってからブレンドコーヒーを頼んで、美沙は先日同様、島木の隣に座る。

「またきてくれたということは、すべてを話してくれる気になった、そういうことなんだろうね」

アルコールランプに火をつけながら、行介がいう。

「はい。みなさんなら、私の気持を理解してくれるんじゃないかと思って」

「美沙さんの気持というのは、例の自殺願望だという……」

島木が、やけに真面目な声でいった。

「それも含めて、いろんなことです」

「わかった」

行介がよく通る声をあげた。

「それなら、まずはコーヒーを飲んで、ゆっくりということでいいんじゃないですか」

少しすると美沙の前に「熱いですから」という行介の言葉と一緒に湯気のあがるカップが置かれた。

そっと手に取って、ゆっくりと口に運ぶ。熱さを加減しながら口に含んで飲みこむ。

やっぱり、おいしかった。まろやかだった。と思ったところで、このおいしさはコーヒーの味だけではなく、ここにいる三人の心根のせいなのかも……そんな気がした。とたんに、途方もない羨ましさが美沙の体をつつんだ。

それから美沙は、つかえつかえ時間をかけて、中学三年のときに受けた苛めの詳細を話した。

話し終えた美沙は肩で大きく息をするが、しばらく三人は無言だった。

「そんな陰湿な苛めを受けて、それが高校にまで影響して、結局学校に行かなくなったって——どう考えても理屈に合わない、酷すぎる話ですねえ」

島木が労るような声をあげた。

「そうなると、お母さんも随分苦労なさったんでしょうね」

冬子がぽつりという。

「最初のころ、母はいろんな所に相談をしたり、私を病院に連れていったり、一生懸命やってくれましたが、私がそれを無視して……結局」

美沙はちょっと言葉を切り、

「今は諦めているだけです。家のなかでも、私はなるべく母と顔を合せないようにしてますし、お互い、影のような存在で生活しています」

疳高《かんだか》い声でいった。

「影のような存在って、辛いなあ。肉親でありながら、お互いを避けなければいけない生活って……」

冬子が頭を振ると同時に「美沙さん」という行介の声が聞こえた。

「ひょっとして、その話にはつづきがあるんじゃないですか。美沙さんの様子からして、その話だけで、自殺願望を持つということはちょっと信じられない気がします」

行介が真直ぐ美沙の顔を見ていた。

「えっ、あっ、はい、実はあります。私が莫迦なことをしてしまって、それで」

ひしゃげた声を出すと、島木と冬子が驚いたような表情で美沙を見た。

「私の家は、なまけ者で酒癖の悪い父親と母が離婚して、小学校の二年のときから二人暮しになりました。離婚したからといって父親が養育費を払ってくれるわけでもなく、母親が一生懸命働いて私を育ててくれたんですが、やっぱり貧しい暮しに変りはなくて、だから私、莫迦なことを……」

今から半年ほど前――。

漠然とした思いではあったが、ある目的を持って美沙は渋谷に出かけた。所在なげに、通りをぶらぶらしていると、中年男が声をかけてきた。

「彼女さん、いくらなの」

どう答えたらいいのか、美沙がいい淀んでいると、

「まあ、いいから行こうか」

と中年男はいい、美沙は肩を抱かれてラブホテルに連れこまれた。

それから一時間ほど、中年男のするがままに身をまかせた。悲しみの感情などはなかった。どうせ、どうでもいい人生だった。どうなろうと知ったことではなかった。

ただ、ラブホテルの天井に汚れたシミがあるのが妙に目に残った。

その後も二回ほど、この行為を繰り返し、美沙は十万円近い金を手にした。

そして四回目。渋谷の駅前で、美沙は若い男に腕をつかまれた。

「てめえ、俺たちの縄張《シマ》りで何、勝手なことをやってんだよ。ふざけるなよ、クソ女が。ケジメつけてやるから一緒にこい」

鬼の形相で睨みつけた。

美沙はその男にそのままラブホテルに連れこまれ、いいようにされた。

事が終ったあと、

「てめえ、俺の女になれ。そうすれば稼がせてもやるし、危ない目にもあわねえ」

男はこの辺りの半グレの一員で、矢坂《やさか》と名乗った。

その日から美沙は矢坂の女ということになり、同棲を始めた。客もとらされ、金は矢坂がほとんど持っていったが、それはどうでもよかった。ただ、一人でもいいから親身になってくれる人間が欲しかった。安らぎのある居場所が欲しかった。

だが、矢坂のアパートにも、居場所はなかった。半グレの矢坂は金だけが人生の目的の、どうしようもない人間だった。そんなことはわかっていたはずだったが、いつしか美沙の胸には、矢坂から逃げ出したいという気持が芽生えていた。矢坂はその気持を察したのか、美沙に手をあげた。体にはいくつもの青痣が残った。

ひと月ほど前——。

美沙は偶然、最初に男と一緒に入ったラブホテルの同じ部屋のベッドにいた。相手の男は美沙の体の青痣に気がついても気にすることもなく、自分の行為に夢中だった。天井を見ると、最初のときと同じように汚れたシミがあった。しかし、それは以前より、かなり大きくなっているように美沙には見えた。ただそれだけのことだったが、美沙のなかで何かが弾けた。

その夜、アパートに帰った美沙は、

「私、あなたとは、もう別れる」

はっきりした口調で矢坂にいい放った。

「何だとてめえ。そんなことといって、無傷でいられると思ってるのか、クソ女」

いきなりポケットからサバイバルナイフを抜いて、美沙の首に突きつけた。

「いいわよ、殺しても。どうせ、どうでもいい人生なんだから」

本音だった。そして、自分のほうから首にナイフを押しつけた。

「てめえ、本気か」

矢坂が凄まじい目で睨みつけた。

「私はいつでも本気。さあ、やって」

美沙も矢坂を睨みつけた。

どれほどの時間が過ぎたのか。

「やらないんなら、私は行くわ」

美沙は矢坂の手を払い、ドアに向かった。ドアノブを回した。そのとき矢坂が吼《ほ》えた。

「俺はてめえを迎えにいく。何がどうなろうと、てめえは俺の女だからな。拒めばてめえは、本当に死ぬことになる。俺は本気だからな」

このとき美沙の胸に、妙な感情が湧いた。

そうだ、死ねばいいんだ。死ねば、この地獄から抜け出せる。そういうことなんだ。死ねばいいんだ。

夜の街を歩きながら、美沙は心のなかで何度もこの言葉を繰り返した。

アパートに戻ると、母親の知可子が流し台で洗い物をしていた。

「お帰り」

ぼそっとした知可子の声に「ただいま」と美沙は蚊の鳴くような声で応える。

「夕ご飯つくっておいたからね」

何となく投げやりな調子で、洗い物の手を止めずに知可子はいった。いつもとはちょっと違う様子だ。

テーブルの上を見ると、ラップをかけたオムライスが置いてあった。

「最近どこかへ出かけているようだけど、どこへ行っているの」

背中を向けたままの知可子に、

「珈琲屋さん……」

短く美沙は答える。

「珈琲屋さんて、あの」

知可子が、振り向いた。

疲れきった顔が美沙を見ていた。

「そう。人を殺したことのある人が、やっているお店」

視線をそらしていった。

「どんなお店にせよ、外に出るってことはいいことよね」

知可子はほんの少し笑ったようだったが、歪んだ顔にも見えた。

「そういえばさっき、変な男の人が美沙ちゃんを訪ねてきたわ」

変な男……美沙の胸がずきりと軋む。

「美沙はいないかといって呼びすてで――どこからどう見てもまともには見えない、ヤクザみたいな人」

矢坂だ、矢坂がここへきた。だから知可子の様子がいつもとは違ったのだ。

「そいつ……他にはなんて」

押し殺した声を出した。

「また、くるからって――それだけいって、私のことを睨みつけるような目で見て帰っていった」

あいつは、またくるのだ。私を痛めつけるために、会えるまで何度も。近頃、ようやく心が落ちついてきたというのに。でも、死んでしまえばそんなことは、どうでもいいことに。死んでしまえば……。

「あの人って、美沙ちゃんとは、どういう関係なの」

恐る恐るといった調子で、知可子が声をあげた。

「何でもないわよ、あんなやつ。ちょっとした、知り合いってだけの人よ」

吐きすてるようにいう美沙に、

「でも――」

と知可子は、すがるような目を向けた。

「何でもないったら、何でもない。とにかく、お母さんには関係のないことだから、ほっといてよ」

思わず大声を出した。

「そうね。お母さんには関係ないことなのね。美沙ちゃんは、いつもそう。お母さんには関係ない、ほっといて――いつもいつも、そう。お母さんには関係ないって」

咎めるような口調ではなかった。むしろ、何かを諦めているような。何かを……そんな気がした。

「じゃあ、お母さんはもう行くから。ちゃんとご飯を食べて、元気を出して……」

ふわっといって、知可子は自分の寝間にあてている隣の六畳間に入っていった。

いつもなら美沙のほうが奥の四畳半に逃げこむのだが、今日は逆だった。流しのなかを覗いてみると、汚れたままの食器がまだ残っていた。

みんなあいつのせいだ。矢坂だ。肩を落して、美沙も奥の自室に入る。窓際のベッドに仰向きになって寝転がる。

せっかく、自分をわかってくれそうな人のいる珈琲屋という居心地のいい場所を見つけたのに、矢坂がやってくるなんて。でも、死んでしまえば、すべてが終る。今までの嫌な出来事のすべてが。しかし、珈琲屋でのことは。

珈琲屋――。

あそこはいい所だった。

行介も島木も冬子も……こまっしゃくれた今日子でさえも愛しく感じた。ようやく自分のいる場所を見つけた思いだった。そうだ、自分は今まで心と体を安心して預けられるような居場所を探していたのだ。そして、ようやくそれを見つけた。自分の居場所を。珈琲屋で、矢坂とのいきさつを話したとき、しばらく無言の時間がつづいた。

沈黙を破ったのは、行介だ。

「そんなことは、ささいなことだ」

はっきりとした声だった。そして、

「そうよ。私だって行ちゃんと一緒になりたいがために、浮気という既成事実をつくって婚家を出てきたし、島木君だって」

冬子がいって、ちらりと島木の顔を見た。

「私も女性関係で、散々後ろ指を差されるようなことをしています――しかし、弁解ではないけれど、生きるってことはある意味、汚れるということと同義だと私は思っています。そんな自分の犯した数々の罪は何かでしっかり償っていけば、それで帳尻が合うんじゃないかと――」

と島木はここまで話してから、

「あっ、これは、ほとんど弁解の羅列になってしまったかな」

困惑の表情を浮べた。

「そうね。それはまったく、弁解そのもの。でも、それでもいいような気がするのも確か。人間なんて、いいことと悪いことを繰り返す生き物。そんな人間の心を、何とか洗い流してくれるのが、神様の与えてくれた時間という万能薬……すぐに忘れるのは難しいかもしれないけど、それでも徐々にね。時間って本当に有難い」

ほんのちょっと、冬子は吐息をもらした。

「ただ――」

行介が凜とした声をあげた。

「それでも、忘れてはいけない罪もある。それが、これです、美沙さん」

美沙の目の前に、行介が右手を広げた。

あの、いつか見た赤黒い右手だ。

行介の右の掌は赤黒く引きつって、ケロイド状にただれていた。無惨だった。醜い手だった。

「俺は自分の犯した罪を決して忘れないように、人を殺した自分の右手を時々アルコールランプにかざして、罪を悔いている――といえば聞こえはいいが」

行介は顔を歪ませて、

「自分の犯した罪を、自分の体に痛みを与えることで何とかごまかそうとしているだけかもしれない。それほど俺の犯した罪は重い。重いからこそ、俺は何とか」

苦しそうにいって、美沙の顔を真直ぐ見た。

「その重い罪を、美沙さんも犯そうとしている。俺にはそう思える」

「えっ」

何をいわれたか、わからなかった。

「美沙さんは自殺願望があるといった。自殺というのは文字通り、自分で自分を殺すことです。それは殺人行為で、絶対にやってはいけないことなんです。人が人を殺すということは獣になるということで、もう人間には戻れないということです。だから、そんなことは絶対にしては駄目です」

ようやくわかった。

行介のいいたいことの、すべてが。

自殺は人殺しと同じ——単純な理屈だったが、行介の言葉は美沙の胸に突き刺さった。

「わかりました。もう一度よく考えてみます。宗田さんの言葉を嚙みしめて」

美沙は素直に嬉しかった。

こんな落ちこぼれの自分を、本当に心配してくれる人たちがいる。それだけで有難かった。心のなかに、灯りがともったような気がした。

久し振りに、そんな穏やかな気持でアパートに帰ってきたのに、矢坂が母親の前に現れて……。

それにしても、今日の母親の様子は変だった。妙によそよそしく、投げやりな態度だった。あれは本当に、矢坂が訪ねてきただけのせいなのか。何か他に理由が――。

次の日も珈琲屋に行きたかったが、美沙はそれを諦めた。

昼頃に起きると、母親がまだ家にいるような気配が漂っていた。四畳半の戸を開けてみると、部屋の真中に母親がぽつんと座っていた。

「お母さん、仕事はどうしたの。今日は行かないの」

思わず声を荒げた。

「一週間ほど、休みをとったわ。いろいろ考えることがあってね」

ぼそっとした声が返ってきた。そして、

「美沙ちゃんの心はどこかに行ってしまって、ここにいてもぎくしゃくするだけだから、いっそ、お母さんは家を出たほうがいいんじゃないかってね」

「そんなことをして、いったいどこへ行くっていうの」

声が掠れた。

「それはまだいえない。美沙ちゃんにも内緒のことだから。とにかく、じっくり考えてから結論を出すわ」

「結論を出して、もし出ていくってことになったら――私はお母さんに捨てられるってことになるの」

「もし、そうなったら」

知可子は静かな声を出した。

「そのほうが美沙ちゃんは自立することができるかもしれないし、お母さんも幸せになれるかもしれない」

はっきりした口調でいった。

「何よ、それ」

美沙は甲高い声をあげ、

「それって、私に対する脅しなの。私を前向きにさせるための、最後の手段のようなものなの。卑怯よ、そんなこと」

怒鳴るような声が出た。

「脅しでもないし、卑怯でもない。お母さんは本気でそう考えてるわ」

突き放したような言葉だった。

「じゃあ、ちょっと出かけてくるから。ご飯はいつものようにつくってあるから、それを食べて」

知可子はゆっくり立ちあがって、玄関に向かった。すぐにドアの開く音が耳を打った。

何が何だか、わからなかった。

美沙は自室に戻り、ベッドの端に腰をおろした。状況を整理してみたかった。

三十分ほど真剣に考えてみて、やっぱりこれは、自分を自立させるための脅しに違いないという結論に達した。そうとしか考えられなかった。

しかし、と思う。知可子は気になることを口にしていた――ここを出ていったほうが、お母さんも幸せになれるかもしれないという言葉だ。あれはいったいどういう意味なのか。

しばらくして美沙の頭のなかに、男という言葉が浮んだ。ひょっとしたら母親に男ができて、それでこのアパートを出ようとしているのか。しかし美沙は何度も「美沙ちゃんのお父さんだけで、もう男の人はこりごり。一人のほうが気楽でいい」と知可子が口にしていたのを聞いている。

その知可子が、今更男などとは考えにくい。だが知可子はまだ四十五歳。何がおきても不思議ではない年だ。容姿にしても娘の自分から見ても悪くない。しかもここ数年、自分のために苦労を重ねている。そんな女を見たら、男のほうは――。

それにしたって、あの真面目一方だった母親が自分を捨てるなど……。

堂々巡りで何も結論が出ないまま、美沙はベッドの上に仰向けのまま寝転がる。

いつかのラブホテルのようなシミは見当たらないが、目を細めると何やらそんなかんじのものが浮んでいるようにも見えた。えっと目を見開いてみて、それが珈琲屋で見た、行介の右手の残像だということに気がついた。あれが頭からなかなか離れないのだ。

夕方になったら、やっぱり珈琲屋に行ってみよう。そう決めて、美沙は大きな吐息をひとつもらした。

鈴の音とともに店に入り、美沙は真直ぐカウンター席に向かう。

「おや、いらっしゃい、美沙さん」

行介の屈託のない声が耳を打つ。

カウンターの前には島木と冬子、その横には今日子もいた。美沙は「ブレンド、お願いします」と頼んでから、島木の隣に座る。

「何だかすっかり、常連さんになってきましたね、美沙さん」

島木が軽口を飛ばす。

「私、やっと気がついたんです。中学でも高校でも家のなかでも、どこにも私の居場所はなくて探してたんですけど、ここにきて、みなさんと話をしていたら妙に気持が落ちついてきて。それでここが私の探していた――」

と美沙がいったところで、

「居場所だったってことに、気がついた」

と冬子が後の言葉をつづけた。

「こんな古ぼけた店の、中年のオジサンとオバサンのたまり場が居場所って、とても信じられないような話だな」

アルコールランプの火加減を調整しながら行介がいう。

「年齢や雰囲気じゃないんです。強いていえば、この周りに漂っている波長だと思います。それがぴたっと合致すれば――」

「そこが、その人の居場所」

また、後を冬子が引きついだ。

「そうだな、俺も家にいてカミサンと顔を合せているより、ここにいるほうが落ちつくもんな」

しみじみとした口調で島木がいうと、

「私も同感――ここがやっぱり、一番気が安まって一番好き」

ちらりと行介の顔を見て、冬子がいった。

「まったくもって商売繁盛で、有難いことだな」

行介が軽口を飛ばすと、その言葉を蹴とばすように、今日子が疳高い声をあげた。

「何だよ、その居場所って。聞いててもよくわかんないんだけど。子供にもよくわかるように、説明してくれる」

両頬を膨らませている。

「人間にはね、どんな人でも落ちつかない場所や苦手な場所があってね、そこに行くと嫌な気持になるの。その逆に、どうってことのない場所でも、どういうわけか気持が落ちついて楽しくなる場所もあるの。そういう所が、その人の居場所ということになるの。これでどう、わかった」

今日子の顔を冬子が覗きこむと、

「ぼやっと、わかった。遊園地とかお菓子屋さんとか、動物園とか、要するにそういう所なんだろ」

盛んにうなずいている。

「要するにってか——きょんちゃんは子供のくせに随分難しい言葉を知ってるんだね」

感心したようにいう島木に、

「うん。私は近所では、頭脳明晰のきょんちゃんで通ってるからね。オジサンたちと一緒にされたらたまんないよ」

きょんちゃんは大人びた言葉を口にして、えへへと笑った。

そんなところへ「熱いですから」という言葉と一緒に湯気のあがるコーヒーが美沙の前に置かれた。

「あっ、ありがとうございます」

と美沙が頭を下げると、

「それから、美沙さんの、ここの勘定は今日から出世払いでいい。お母さんと二人暮しの美沙さんにコーヒー代は、けっこう大変だろうから」

ちょっと照れたような表情で行介がいった。

「よっ、行ちゃん、太っ腹」

冬子が顔に似合わぬ、奇声をあげた。

「あの、本当にいいんですか、お勘定」

いつもなら、こんなときは突っぱねる美沙だったが、今日は素直な声が出た。

「もちろん、いいさ」

行介が顔中で笑うと、

「へえっ、お姉ちゃんも私と同じで、お母さんと二人暮しなのか」

今日子が、美沙の顔を凝視するように見た。

「えっ、きょんちゃんも私と同じなんだ」

美沙が優しく声をかけると、

「そうなんです。この子も美沙さんと同じような境遇なんですけど、そんなことよりも――」

意味ありげな笑いを島木が浮べた。

「出世払いということは、美沙さんはもう自殺することができない。そういうことになりますよ。なあ、行さん」

島木の言葉に、行介が軽くうなずく。

「あっ、そうなんですね。実はそういうことも含めて、みなさんにちょっと聞いてもらいたいことがあります」

矢坂と母親の件。そのために今日、美沙はやってきたのだ。

「それならまず、熱いうちにコーヒーを飲んでからにしましょうか」

行介の言葉に美沙は「はい」と答え、湯気のあがるコーヒーカップに手を伸ばす。

「きょんちゃんは、奥でゲームでもやってて」

冬子は敏感に何かを察したらしく、ポケットからゲーム機を取り出して、きょんちゃんに渡す。きょんちゃんはそれを持って、すぐに奥の席に向かう。

十分後。コーヒーを飲み終えた美沙は、矢坂の件と知可子のことを三人にゆっくり話し始めた。

行介も島木も冬子も、一切口を挟まず静かに美沙の話を聞いている。そして、話が終ったとき、

「島木。男と女の件ということなら、お前が専門だ。美沙さんの話を聞いて、お前はどう思う」

行介が島木に声をかけた。

「知可子さんの四十五歳という年齢は、女盛りといってもいい。まして、容姿も悪くな

いということだから余計にだ。しかも、そんな女性が苦労を重ねている姿を見れば、男だったら……」

島木はちょっと言葉を切り、

「誰だって、くどきたくなる」

真剣な顔でいった。

「しかし、そうであっても、引きこもりの子供を捨ててまでということには」

「行さんは真面目一方だから、わからんだろうけど。女というものは、好きな男のためなら、たとえ親であろうと子供であろうと殺しかねない」

島木はこういって何度もうなずく。

「でも、女って子供のためなら、亭主だって殺すという一面も持ってるわよ」

冬子が物騒なことをいった。

「確かに、その一面も持っている。だから、女は難しい。まして今回は情報が少なすぎる。美沙さんのいうように脅しというものにもとれるし、男ができたというようにもとれる。正直いって、今の段階ではそのどちらなのか、私にもわからん。申し訳ない」

美沙に向かって島木は頭を下げ、

「もう少しお母さんの様子を観察してみてください。そうすればどんな意図なのかは、おのずからわかると思います。お願いします、美沙さん」

神妙な顔でいった。

「女性を生きがいとして、今まで年を重ねてきた島木がそういうのなら、そういうことだと俺も思う。ここはしばらくお母さんを観察して、その様子を俺たちに教えてほしい。その前に、まずは矢坂という男のことだが」

行介は宙を睨みつける。

「どうするの、行ちゃん。その半グレ、近いうちにまたやってくるんじゃないの」

心配そうに冬子がいった。

「できることなら」

凜とした声を行介はあげた。

「もし、矢坂が美沙さんのアパートに現れたら、何とかここまで連れてきてほしい」

「ここへですか」

美沙は驚いた。

「どうするつもりなんだ、行さん」

島木は、何かを期待しているようだ。

「その男のカタをつける」

低い声で行介はいった。

「本当ですか。矢坂は体も大きいし、喧嘩馴れもしています。それにあいつは、ポケットにいつもサバイバルナイフを入れてます。へたしたら宗田さん、殺されますよ」

美沙は掠れた声でいった。

「わかってる。しかし何であろうと、ここでカタをつけるのが美沙さんの将来にとっては最良だと俺は考えている」

「私の将来！」

「そう。美沙さんには、これからまだまだ、生きてもらわないと困る。何たって、まだ十七歳なんだから前途は洋々だ。いいことも悪いことも嫌なことも、すべてを含んで前向きに力強く進んでいってほしい。それが生きるということなんだから」

行介の言葉に、美沙は鼻の奥が熱くなるのを感じた。

「矢坂の始末をどうつけるかは、今はまだいえないが、俺は命を張ってでも何とかするつもりだ」

「命を張るって――宗田さんは縁もゆかりもない私のために、命を張るっていうんですか。大切な自分の命を」

目の前が、ぼやけた。

「今、美沙さんがいったように、命はとても大切なものなんです。だから約束してほしい。自分で自分の命を絶つなどということはやめると。もう考えないと」

行介が怒鳴った。途方もなく貴い言葉に聞こえた。

「はいっ、もう考えません。生きます。たとえ、お母さんがいなくなっても」

いったとたん、体がすっと軽くなった。

同時に、体が震えた。

あのときは――ナイフを首に当てられても怖くなかったが、今は怖かった。生に対する執着が湧いた。生きていたかった。

「矢坂はすぐにナイフを振りまわす狂暴な男です。その点に気をつけてください。気をつけすぎるほど気をつけてください」

「大丈夫よ、美沙さん。行ちゃんは、のんびりした性格だけど喧嘩だけは強いから。そう簡単に死にはしないから」

励ますように冬子はいってから、

「本当に大丈夫だよね、行ちゃん」

じろりと行介を睨んだ。

「大丈夫だ。冬子を悲しませることにはならない」

行介はそう断言してから、

「それから美沙さん。矢坂をここに連れてこられなかったら、そのときは恥ずかしがらずに大声で周りに助けを求めてください。とにかく大声を出して」

念を押すようにいった。

「わかりました。思いきり、泣き叫びます。でも、何とかここに連れてくるつもりです」

「よし、それならここらで新しいコーヒーを淹れよう。前祝い代りだ」

パンと両手を叩く行介に、

「それって、俺たちは金を払うのか。それとも、出世払いでいいのか」

とぼけたことを島木がいった。

「お前は出世と縁がなさそうだから、もちろん現金払いにきまってるさ」

嬉しそうに行介は、コーヒーを淹れる仕度にかかった。

それから三日後。

夕方になって美沙は、珈琲屋の扉を押した。

いつものようにカウンター席に行くと、島木と冬子、それに今日子のいつものメンバーが勢揃いしていた。テーブル席に客は一人もいなかった。

ブレンドを頼んで島木の隣に座り「あの、お母さんのことで、ちょっと」と口にしたとたん、チリンと鈴が鳴って大柄な男が一人、店に入ってきて奥の席に向かった。

何気なくそっちを見て、美沙の体は凍りついた。矢坂だった。おそらく、くる途中で見つけられて、跡をつけられたのだ。

「矢坂です……跡をつけられたみたいです」

低い声で行介に伝えると、小さくうなずくのがわかった。

「ブレンドで、いいですね」

行介は美沙にいってから、トレイに水の入ったコップとオシボリを載せて、矢坂の座っている席に向かった。

コップとオシボリをテーブルの上に置くと、矢坂が何かを行介に話しているようだった。行介は鷹揚にうなずいて、カウンターのなかに戻ってきた。

「あとでこっちにくるように、美沙さんに伝えてくれとのことでした。もちろん、行かなくていいです。それにしても、向こうからきてくれて手間が省けた」

サイフォンをセットしながら、低い声で行介はいう。そして、

「今日は、お母さんの様子を伝えにきた。そういうことなんですよね」

柔らかな声で美沙に訊いてきた。

「はい、そのつもりで」

と、美沙はこの三日間の知可子の様子を行介たちに話した。

知可子の毎日に特段変った点はなかった。仕事はやっぱり休んでいるようだったが、昼頃になると家を出てどこかに行き、夕方になると帰ってきた。

「ひょっとしたら、男の人に会いに行ってるのかもしれません」

美沙はこういってから、会話は必要以外にほとんどしなくなり、表情のほうも乏しくなったと行介たちに伝えた。

これを聞いた行介は、早速島木に、

「どうだ。これで何かわかるか」

と質問をぶつける。

「わからん。やってることが理解できん。どう解釈していいかまったくわからん。美沙さんのいうように、昼過ぎの外出はひょっとしたら、逢引きのためかもしれんということぐらいで」

島木は困惑の表情を顔一杯に浮べる。

「それなら、こういう考え方はどう」

冬子が身を乗り出してきた。

「男関係云々というのじゃなくて、知可子さんは仕事の休みをとったものの、一日中、美沙さんと家のなかにいるのが苦しくて、それで外に出て時間をつぶしていた――というのは」

いい終えたとたん「違うっ」と声があがった。なんと声の主は、今日子だった。

「苦しいんじゃなくて、悲しいんだよ」

口を尖らせていった。

「お姉ちゃんは、お母さんと二人暮しなんだろ。そしたら一緒にいるのが普通なのに、お姉ちゃんはこの店に居場所を見つけたとか変なことをいってるから、お母さんが悲しくなったんだよ」

まくしたてた。

「一緒にいるのが、悲しくなって辛くなって、それで、どこかに出かけてるんだよ」

今日子は、さらに大声をあげる。

そういわれれば――何のためかわからないが、せっかく休みをとっても、やはり家のなかは、ばらばらでどうにもならない。そうなると一つ屋根の下に居るのも悲しくなって外へ……そう、とれなくもなかった。多分、中《あた》らずと雖《いえど》も遠からず。そういうことかもしれない。

「大体、お姉ちゃんの考え方は変だよ。お母さんと二人だけなら、お姉ちゃんの居場所はそのお母さんの所で、お母さんの居場所はお姉ちゃんの所。そうに決まってるじゃないか」

「あっ」という声が行介、島木、冬子の口からあがった。

「そうか、そうだな。きょんちゃんのいう通り、お姉ちゃんの居場所は、お母さんのいる所で、お母さんの居場所は、お姉ちゃんのいる所だよな。それが正しい居場所だよな。凄いな、きょんちゃんは」

感心したように行介がいうと、

「ちっとも凄くはないよ。私だって、ここはけっこう楽しいけれど、本当の居場所はお母さんの所だって思ってるもん。お母さんが一番いいもん」

今日子の目は潤んでいた。

そういうことなのだ。

自分の本当の居場所は、あのアパート。ここで心を開いたように、拗《す》ねてばかりいないで、あの家で母親に心を開いていれば、少しはまともな毎日が……知可子はそんな美沙に絶望し自分自身にも絶望した。そして、居場所を失くした知可子は家を出ようと……。

「お母さん……」

ふいに目の前が、ぼやけた。涙が溢れた。次から次へと流れ出た。悲しくて悲しくて仕方がなかった。

その時、大声が響いた。

「何やってんだ、莫迦野郎が。早くコーヒーを持ってこい。それに美沙。さっさとここにきて、俺にひざまずけ。悪うございましたと謝れ」

その声に、今日子が反応した。

カウンターから矢坂の前に走った。

「何だよ、お前は。お姉ちゃんを苛めるな。お姉ちゃんを苛めるやつは、私が許さないからな」

叫び声をあげた。

矢坂はすっと立ちあがり、

「何だ、このクソガキは。偉そうに」

と、今日子を突き飛ばした。

行介がカウンターのなかから飛び出して、今日子を抱きあげた。今日子は矢坂を睨みつけている。

「さあ、きょんちゃん。オバサンのところへ行って」

背中を軽く押して、行介が矢坂の前に立った。

「矢坂さんとやら、ちょっと大人気ないんじゃないか」

押し殺した声だった。

「何だ、てめえは。何で俺の名前を知ってるんだ」

目をむいて睨みつけた。

「あんたの悪行は、美沙さんからいろいろ聞いている。まったく、とんでもないワルだな」

「そうか、てめえ、美沙の新しい男か」

矢坂の顔が鬼の形相に変った。

「ぶっ殺す、今すぐ、ぶっ殺す」

ポケットからナイフを抜いた。

誰かの悲鳴が店内に響いた。

矢坂がナイフを腰だめにして、行介に突っこんだ。行介も——腰を落とし、臨戦態勢だ。

刃先が行介の体に刺さった。

左の脇腹だ。だが刃先は少し食いこんだだけで、ぴたりと止まった。行介の強靱な筋肉が、ナイフの進入を食い止めた。

これが行介の戦法なのだ。

「うおっ」と行介が吼えた。

矢坂の左襟をつかんだと思ったら、大きな体は宙に浮き床に叩きつけられていた。背負い投げがみごとに決まった。

叩きつけられた矢坂は、ぴくりとも動かなかった。

「行ちゃん」

冬子が行介に、しがみついた。

「行さん、大丈夫か」

島木が叫んだ。

「俺の腹筋は、筋金入りだ。といっても、けっこう血は出ているがな」

「とにかく、救急車を」

という冬子に、

「救急車よりも先に、まず警察に連絡してくれ、冬子。そうすればこいつは殺人未遂で逮捕されて長期刑をくらうはずだ。当分は出てこられないから、美沙さんは安心して再出発できる」

顔をしかめながら行介はいう。

「宗田さん。ひょっとして、宗田さんはわざと矢坂に刺させたの」

震えながら美沙はいった。

が、行介は何もいわずに脇腹を押さえている。

脇腹は、あの右手の掌のように赤い血で染まっていた。

「そんなこと、そんな無茶なこと、死ぬかもしれないのに」

そのとき、パトカーと救急車のサイレンの音が聞こえてきた。

そして、美沙のポケットからケータイの音が。母親からだった。

美沙は、すぐにケータイを耳にあてる。

「えっ、どういうこと」

大声で叫んで、美沙はケータイを耳から離した。

「どうしたんだ、美沙さん」

行介の声が響いた。

「よくわからないんですけど、さようなら、美沙ちゃん、今まで、ありがとうねって、お母さんが――」

行介の顔が、さっと変った。

「いかん、美沙さん、すぐアパートに走れ。お母さんは死ぬつもりだ。だから、走れ、思いきり、走れ。島木、お前も一緒に行け」

美沙は店を飛び出した。

救急車とパトカーのサイレンが、店の近くでぴたりとやんだ。

今日子の父親

大きな吐息を志織はもらした。

カウンターの上では淹れたてのコーヒーが湯気をあげているが、なかなか手が伸びない。志織は今日、気分が落ちこんで、店には出ないつもりで『珈琲屋』にきた。

「どうしたんですか、志織さん。何か悩み事でもあるんですか」

カウンターのなかから、行介が心配そうな表情で声をかけてきた。

「そうですよ。志織さんが沈んでいたら、私たちどうしていいかわからない。せっかくきてくれたのに」

冬子がいう。今日子は奥のテーブル席で、ゲーム機の画面を睨みつけている。

「あの」

と、すぐ隣の島木が蚊の鳴くような声をあげた。

「また志織さんが珈琲屋にやってきたというのは、それはつまり、きょんちゃんの件で新しい事実が判明したとか」

恐る恐るといった調子で訊いた。

「しかも、その沈んだ様子から見ると、けっこう良くないことが——そんなふうにしか考えられないけど」

冬子の一言に、島木の全身から一気に力が抜けるのがわかった。

「何にせよ。まずは淹れたてのコーヒーを一杯飲むといい。コーヒーには人を元気にする力と、心を落ちつかせる働きがありますから」

ほんのちょっと笑みを浮べて、はっきりした口調で行介がいう。そんな言葉に背中を押されて、志織はおずおずとコーヒーカップに手を伸ばす。

ゆっくりと口に持っていき、こくりと一口飲みこんだ。さすがにこの状況では味はよくわからなかったが、それでも何か、ほっとするものが体の奥に染みこんでいくのを感じた。不思議だったが、本当に気分が落ちついた。志織はコーヒーを飲むのに専念した。

「さて、志織さんから連絡があったと島木君から聞いて、私たちはここに集まったんだけど一体何があったの。きちんと教えてくれる、志織さん」

冬子が催促する。

「ひょっとして、きょんちゃんのお母さんは志織さんだった……というような」

すがるような島木の目が、志織を見ていた。

いや、島木だけではない。行介も冬子も、やけに真剣な視線を志織に向けていた。

「いえ、私はきょんちゃんの、お母さんではありません。きょんちゃんのお母さんは、あのキャバクラで仲のよかった、神谷奈美さんです」

はっきりした口調でいった。

とたんに、島木の顔が歪んだ。

「この前は知らぬ顔を通していた志織さんが、きょんちゃんの名前を口にしたということは、志織さんも今度のこの件に関わっている。そうとっていいんですね」

核心をつく言葉を行介が出した。

「すみません。実をいうと、奈美さんから頼まれて、きょんちゃんをここに連れてきたのは私なんです。ごめんなさい。いろんなことを隠して、この前はいいかげんなことばかりいって」

志織は両肩を落した。

「きょんちゃんをここに連れていくように指示したのは奈美さんで、実行したのは志織さんということか……」

独り言のようにいって、行介が太い腕をくむ。

「じゃあ、なぜ奈美さんは、きょんちゃんをこの店に連れていけといったのか、そして、きょんちゃんの父親は一体誰なのか。そのあたりの事情からまず話してくれる」

勢いこんだ表情で冬子がいうと、島木がごくりと唾を飲みこんだ。

「それはあとできちんと話します。その前に、なぜ私が急にすべてを話す気になったのか、そのあたりの事情を聞いてくれますか」

　早口で志織はいった。

「いいですよ、志織さんの気がすむように話してくれれば。俺たちはこの奇妙な出来事の真相を知りたいだけですから」

　柔らかな声を出す行介に、

「昨日、きたんです、怖い人が」

　志織はぶるっと体を震わせた。


　昨夜の十時頃、志織が働くキャバクラでのことだという。

　指名がきているということで、志織はカウンターの隅に座って、静かにビールを飲んでいる男の前に立った。

「志織でーす、よろしくお願いしまぁす」

　と愛嬌たっぷりに声をかけると、

「小木曽《おぎそ》といいます」

　と口にして男は小さくうなずいた。

　四十歳ほどの年恰好で落ちついた雰囲気の男だったが、何となく普通の人間とは違う異質なものを漂わせていた。

「お客さん、私を指名したということは、前にいらっしゃったことがあるんですか」

さりげなく訊くと、

「初めてですよ。ここにくるのも、藤野志織さんに会うのも」

抑揚のない妙に丁寧な口調で志織の名字を口にして、じっと顔を見つめた。志織の胸がざわっと騒いだ。同時に、背中に寒気が走るのを覚えた。

「藤野さん、あなた、こういう仕事をされる方には珍しく、ご本名なんですね」

視線は志織の顔に張りついたままだ。

普通の目ではなかった。修羅場を何度もくぐってきた獣の目。そんな気がした。となるとこの男はスジ者――商売柄、これまで何度かヤクザ者とは同席したが、こんな目をした男は一人もいなかった。

小木曽と名乗った男はそれ以上何もいわず、ゆっくりグラスを口に運んだ。

無言の時が過ぎた。

「なぜ、お客さんは私の名前を」

ようやく、これだけ口に出た。

「藤野さんは神谷奈美さんの親友のようなものですね。だから、ちょっと調べさせてもらったんですよ」

小木曽は奈美の名前も知っていた。

志織の胸の鼓動が早鐘を打つように鳴った。胸が苦しくなった。

「どうでしょう。神谷奈美さんの居所を教えていただけませんか。そうすれば、すべて穏便に片がつきます」

変わらずに丁寧な口調だったが、それが怖かった。

「親友といわれても、それほど親しかった訳じゃあ……」

「なめてもらっちゃ困りますよ。私たちの情報網は、そんな甘いものじゃありません。藤野さんが奈美さんのアパートに、しょっちゅう出入りしていたことはわかっています。すべて確認ずみです」

「それは――」

声が裏返っていた。

「でも、あの騒ぎをおこしたのは旦那さんのほうで、奈美さんには何の罪もないんじゃないですか」

「そう。確かに奈美さんに罪はありません。しかし、その旦那が雲隠れをして、フィリピンあたりにでも逃げたとしたら、奥さんの奈美さんに償ってもらうより仕方がないでしょう」

「じゃあ、奈美さんも旦那さんと一緒にフィリピンのほうに行ったんじゃないですか。

そう考えるのが普通じゃないですか」

泣き出しそうな声をあげた。

「ところが私たちの情報網に引っかかってくるのは、奈美さんはどういう訳か、まだ都内を転々としているらしい。そういうことなんですがね。妙な話ですけど」

小木曽は薄く笑ったようだ。

「多分……」

ぼそっといって小木曽はあとを続けた。

「遠くへ逃げるための金を稼いでいるんでしょうね。どこかの店に入りこむか、それとも手っとり早く体を売るかしてね」

志織の口からは何の言葉も出ない。

「奈美さんには小さな子供が一人いましたね。今日子ちゃんという女の子が。おそらく原因はその子供でしょうね。子供連れでは、それが足枷《あしかせ》になって自由に動くことができない。だから子供をどこかに預けた。しかし、今度はそれが逆に気になって遠くへ行くことができず、都内でぐずぐずしている。そんなところだと私は思いますがね」

絵解きをするように、小木曽は淡々と自分の考えを述べた。

「いかがですか、藤野さん。私の言葉のどこかに誤りがありますか」

あの目がまた、志織を見た。

感情の乏しい獣の目だ。

志織の全身に鳥肌が立った。

「そこで藤野さんに訊きたいことが二つあります。素直に教えていただければ、私はもうここにはきません。しかし、教えていただけないということになると、それ相応の覚悟をしていただくことになります」

「覚悟っ……」

潰れた声が出た。

体中が凍えるように寒かった。

「仲よしの藤野さんには、奈美さんから時々電話が入ってるんじゃないですか。その奈美さんのケータイの番号を教えてください」

小木曽の言葉に、志織はうなずいた。夢中でポーチからケータイを取り出し、画面を操作して小木曽に見せた。抗《あらが》うことはできなかった。画面には「非通知」の文字が並んでいた。

「私に迷惑がかかるといけないからといって、電話があるときはいつも非通知で」

叫ぶようにいった。

「なるほど、そういうことですか。なら、念のために藤野さんのケータイ番号を教えていただけますか」

何でもない口調でいった。

逆らえるはずがなかった。志織はメモ紙に自分の番号を書いて、小木曽に渡した。

「それから、もう一つの質問ですが——藤野さんは奈美さんの子供の居所を知っていますね。それも教えてください。質問はそれで終りです」

「それは……」

志織は唇を嚙みしめた。獣の目が志織を見ていた。

そのとき、

「いわんかいっ」

初めてドスの利いた声を、小木曽が出した。

もう、話すしかなかった。

「珈琲屋さん……」

店の名前を口にして、ごめん、奈美さんと志織は心のなかで謝る。

「なるほど、珈琲屋か」

ぽつりと小木曽が妙なことを口走った。

「知ってるんですか、珈琲屋さんを」

呆気にとられた思いで訊くと、

「ちょっとな」

といって小木曽は、懐から札入れを出して一万円札を三枚カウンターに置いた。

これが昨夜のすべてだった。

しばらく行介たちは無言だった。

「今回の出来事の大体の流れは、わかったけど、きょんちゃんをここに連れてきたのは、やっぱり奈美さんが自由に動けないからということなのね」

冬子が窺《うかが》うような目付で訊いてきた。

「はい。きょんちゃんが一緒だと足手まといになって、目一杯働けなくなるから、手紙と一緒にこの店まで連れていってほしいって。奈美さんは、島木さんから宗田さんの事はよく聞いていて、安心できる人だと確信していたようでしたし、珈琲屋さんは、深い関係になった島木さんのたまり場だともいってました」

意味ありげなことをいって、志織は深く頭を下げる。

「ということは、志織さんが最初にこの店にきたとき、きょんちゃんは知らん顔してたけど、あれはお芝居だったということね。志織さんは奈美さんの所へ何度も行っていたということだから、二人は顔馴染みだったわけね」

島木の顔をちらっと見てから、冬子がいう。

「あの子はかなり頭がいいですから、あの場の雰囲気に合せて、お芝居をしたんじゃないかと思います」

「ある意味、すごいな。きょんちゃんは」

行介が感嘆の声をあげた。

「そもそも、奈美さんの旦那と、その小木曽という男の間に何があったんですか」

遠慮ぎみに島木が訊いてきた。

「私が聞いたところでは、問題のおきた相手は小木曽じゃなく、もっと若い金本《かねもと》という男のはずです」

「要するに、小木曽は金本の兄貴分といったところか。さっきの志織さんの話では、かなり剣呑《けんのん》な男のようだが」

首を傾げながらいう行介に目をやりながら、

「きっかけは、不動産詐欺《さぎ》だと奈美さんはいってました」

きっぱりした口調で志織はいった。

島木と別れた直後、奈美は宮部《みやべ》という同年代の男と知り合い、結婚した。

家族持ちの島木さんと深いつきあいをしていてもしようがないから、先のある宮部さんとつきあうことにした。宮部さん、とっても誠実そうだし——当時こんなことを奈美は口にしていたと、志織はいった。

そのころ宮部は、東京の東部を中心に展開している不動産会社の営業マンをしていて、成績も上々だった。二人の間にはすぐに今日子という子供もでき、順風満帆の生活を送っていたが、それが一緒になって五年目に突然崩れた。

不動産詐欺――。

地主だという男から土地を買う契約をして金を払い、宮部は会社に大きな損害を与えた。男は地主でもなんでもなく、金を払ったあとすぐに姿を消した。そのために宮部は会社から解雇され、職を失った。話は業界内ですぐに知られ、詐欺にあった者を雇う同業の会社はどこにもなく、宮部は荒れた。

そんなときに、近所の居酒屋で知り合ったのが金本という、どこかちゃらけてはいるが金払いのいい若い男だった。金に困っていた宮部はこの男を標的に、かつて自分がされたような不動産詐欺を仕掛けた。

「ここ十年のうちに、必ず二倍にはなる」

といって言葉巧みに他人の土地を見せ、手付金の三百万円を騙《だま》し取った。さて次は残りの金をと計画していたところで、金本が都内のヤクザ組織の構成員であることがわかり、宮部は青くなってアパートを飛び出し、雲隠れした。

奈美と今日子の二人はアパートに取り残されたが、たったひとつの救いは宮部が逃げる直前、奈美との離婚を承諾したことだった。だが金本の追及は激しく、三日にあげず奈美たちのアパートに押しかけて返金を迫った。それも十倍返しの三千万という大金だった。とても払える額ではなかった。

奈美は、今日子を連れて逃げた。

しかし、小さな子供が一緒では仕事が限られるので、奈美は仲のよかった志織に、珈琲屋に行ってくれるよう懇願した。自分が出向いて跡をつけられでもしたら大変なので、代って今日子を珈琲屋に送り届けてほしいと。そして、

「まとまったお金ができたら、お母さん、必ずきょんちゃんを迎えに行く。そしたらどっか遠くに行って、二人で一緒に暮らそ。それまで、とにかく我慢してね」

今日子にはこう約束して、奈美は二人の前から姿を消したという。

これが、一連の顚末だと志織はいった。

「しかし、志織さんも、お人が悪い」

話を聞き終えた島木が、やけに明るい声を出した。

「何もかも承知していながら、キャバクラを訪ねた私に意味ありげなことをいって、おまけにこの店までやってきて、これも意味ありげなことを」

どういう訳か、頰が緩んでいる。

「あっ、すみません。私、あの時ちょうど小遣いに困っていて、つい。もちろん、お金はすべて返します」

バッグを開ける志織に、

「いいです、いいです。志織さんもこの件に関してはけっこう苦労してますから、あのお金はその代金として受け取っておいてください」

島木は鷹揚な口調でいった。

「いいんですか。ありがとうございます」

頭を下げる志織に、

「そんなことより、その金本という若い男も、志織さんを訪ねてきたのかな」

行介がよく通る声で訊いた。

「一度だけきました。だけど何を訊かれても知らないの一言で通したら、それで帰っていきました。とてもヤクザ者には見えない、甘っちょろい男に見えました」

「それで小木曽という、怖い兄貴分に頼ったか」

自分にいい聞かすように口にする行介に、

「だから私、急いでここにきたんです。あの口振りでは、きっとここにきます。それが心配で」

志織は哀願するように訴える。

「志織さんの話では、小木曽はこの店を知っているように聞こえたけど、ひょっとして、行ちゃんの知り合いなの」

怪訝そうな目で冬子が行介を見た。

「俺もさっきから考えているんだが、まったく思い浮かばん。全然、知らない男だ」

「まあ、ある意味、行さんは有名人だから」

島木が割りこんできた。

「ヤクザ者に知り合いがいたとしても、一向に不思議ではないと思うがな」

明るすぎるほどの声でいった。

「島木。お前、いやに嬉しそうだが、ひょっとして大きな勘違いをしてるんじゃないか」

「勘違いって、なんのことだよ、行さん。俺にはさっぱり思い当たらん」

不満そうな声を出した。

「きょんちゃんは一体、誰の子供なのかという、重大な件だよ」

「それははっきりしたじゃないか。奈美さんは宮部という男と結婚して、今日子ちゃんが生まれたと。だから、もう俺の出る幕はない」

すらすらと島木は答える。

「お前はまったく、能天気な性格だな」

行介が大声をあげた。

「いくら俺とお前がいい人だからといって、ただそれだけで、奈美さんがこの店にきょんちゃんを送り届けると思うか。この店を奈美さんが選んだということは、それ相応の理由があったんじゃないのか」

「それ相応の理由って……」

これまでの陽気さが消え、島木の顔がすうっと青白くなった。

「その点、どうなんだろう、志織さん。奈美さんは何かいってなかったかな」

視線を志織に向けた。

「いってましたよ」

はっきりした口調で志織はいう。

「きょんちゃんは確かに宮部さんの籍に入ってはいるけど、島木さんと宮部さんは、つき合っていた時期が重なっているころがあって、どっちが本当の父親なのかは医学的な鑑定でもしなければわからないって……奈美さんはいってました」

島木の顔が真っ青になった。

「そんなことは――」

と島木が声を出したところで、奥の席から今日子が走ってきた。

「おばさん、早く一緒にゲーム、やろうよ」

今日子は冬子の袖を引っ張ってから志織に顔を向け、

「知らない、おばさん、こんにちは」

きちんと挨拶をした。

「あっ、きょんちゃん。もう知らない振りをしなくてもいいから。私のこともお母さんのことも、みんなここの人たちに正直に話したからね。だから、普段のままで、もういいから」

慌てて志織は声をあげる。

「何だ、そうなのか。それで、お母さんはもうすぐ迎えにくるのか」

真面目な顔を向けて訊いてきた。

「うん。だけど、もう少し待っててほしいって」

なだめるように志織はいう。

「そんなことなのか」

今日子の顔が曇った。

「そんなら、おばさん」

今日子はまた、冬子の袖を引く。

「ちょっと待って、もうちょっとだけ。おばさん、おじさんたちと少しだけ話があるから」

冬子の言葉に、今度は志織の袖を今日子は引っ張った。

「じゃあ、行くぞ。志織」

何と、呼びすてだ。

「きょんちゃん、私、ゲームのことはよくわからないんだけど」

「いいから、こい」

乱暴な言葉を投げつけて、今日子は袖をさらに強く引っ張る。

「何はともあれ」

行介が凛とした声をあげた。

「そう、ほとんどのことがわかって、すっきりした」

ちらっと島木の顔を冬子が見るが、島木は無言で、うつむいたままだった。


「志織さん、ご指名」

同僚の言葉に志織がカウンターの隅を窺うと、どこかで見たような男がビールを飲んでいた。

「今晩は」

と前に立って挨拶をすると、男が顔をあげて志織を見た。チャラい身なりをした、どことい って特徴のない顔をした若い男だった。しかし、どこかで見たようなのは確かだ。

「ええと、お客さんは確か……」

考える振りをする志織に、

「もう忘れたのか、いやんなるな。金本だよ。三百万、持ち逃げされた」

困惑したような表情で男が答えた。

「あっ、金本さん」

志織が喉につまった声をあげると、

「頼むよ、ちゃんと覚えといてくれよ」

ヤクザ者には似つかわしくない、哀願するような声だった。

そういえば以前、奈美と宮部のことを訊ねにきたとき金本は——何を訊かれても、志織の知らないという言葉に酷く落ちこんだ様子で帰っていった。一言でいえば甘っちょろい男。志織の感じた、金本の印象だった。しかし、その金本が、いったい何をしにここへ。

「小木曽の兄貴から、話は全部聞いた。あんた、俺を騙してたんだよな」

そういうことなのだ。バトンはまた、金本に戻ったのだ。

「騙すつもりはなかったけど、ヤクザに追いこみをかけられてる友達のことを、ぺらぺら喋るわけにはいかないでしょ」

高飛車な調子でいった。

この男なら大丈夫だという安心感があった。どこかで道を間違えて、裏の世界に入ってしまった、一言でいえばヤクザには向かない男。先日やってきた小木曽とはまるで違う。威圧感も恐ろしさもまったくなかった。

「そうだよな。困っているダチを売るわけにはいかないよな」

なんと金本は、志織の言葉に同調した。

「そうよ。それが人の道っていうものよ。だけど、金本さん」

志織は金本の顔を真直ぐ見た。

「あなた、おかしなヤクザだよね。変に物分かりがいいというか、人がいいというか」

思っていたことを口に出した。

「ああ、みんなからそういわれるよ。お前はヤクザにゃ不向きだって。自分でもそうは思うけど、なっちゃったものは仕方ないからな」

心持ち、金本が肩を落した。

「じゃあ、なんでヤクザなんかになったのよ」

「小さいころから落ちこぼれで、苛められっ子で、気が利かなくて。そんな人間を受け入れてくれるところなんか、そうは……」

金本はビールをごくりと飲み、

「おまけに、お袋が早くにうちを出ていって、残された親父は仕事もろくにしない大酒飲みだったから、どうしようもない貧乏で……」

大きな吐息をもらした。

「そういうことか……なら、私も同じようなものよ」

志織はぽつりといった。

志織の家は両親が学校の教師だった。

姉が一人いて、その姉は頭がよく成績はいつも学年のトップクラスだった。しかし、志織のほうは落ちこぼれで、クラスのみんなについていくのも難しかった。

「教師の子供がこれでは、世間様に恥ずかしい」

両親はこんなことをいって厳しく勉強させたが、志織の成績は上がらなかった。しかも、この教師の子供というのが災いして、学校ではずっと苛めがつづいた。両親もそのうち姉のほうだけを可愛がり、志織には辛くあたった。

志織は高校を卒業後、すぐに家を出た。

「あんたも、落ちこぼれだったのか」

話を聞き終えた金本はぼそっといい、

「ということは、あんたと俺は似た者同士っていうわけか」

低い声で、こんなことをいった。

「小学生のころは、父親に叩かれたり、小突かれたりした。母親はそれを見ているだけでとめなかった。すごく悲しかった」

絞り出すように志織はいう。

「助けてくれる者がいないというのは、辛いよな。一人ぼっちはな」

「ずっとみんなからは莫迦にされてきたけど、でも奈美さんだけは違った。親身になって私とつきあってくれた。だから、私……」

「ああ、そういうことなのか。俺も同じで、グレてヤクザになったけど、いつまでたっても下っ端あつかいで――でも、一人だけ、俺に目をかけてくれた人がいて」

嫌な予感がした。

「ひょっとしたら、その人って、あの……」

「そう。小木曽さん。あの人だけは莫迦にしないで、親身になって俺の面倒を見てくれた。あの人は根っからのヤクザだけど、筋だけはきちっと通す人だった。だから、いいにつけ悪いにつけ、俺はあの人のことを心の底から尊敬している」

金本は小木曽を礼讃した。

そういえば、威圧感はあったものの、小木曽には乱暴者のにおいが感じられなかった。

だが、あの獣の目は……。

「本音をいえば――」

金本が掠れた声を出した。

「俺は、あの三百万はとうに諦めてる。他人様《ひとさま》を追いつめてまで金を取り戻そうとは思っていない。まして、三千万なんて」

驚くような言葉を出した。

「ええっ、そうなの」

思わず身を乗り出す志織に、

「まあ、何年かの分割払いでもいいんで、返してくれれば嬉しいけどね。もちろん、元金だけをね」

ヤクザらしからぬ言葉が、また出た。

「そうしてもらえれば、奈美さんも逃げ回らなくてもすむし、旦那さんだって戻ってこられるかもしれない」

弾んだ声でいうと、

「でも、駄目なんだ」

ざらついた声を金本が出した。

「元々は、この件を小木曽さんに喋った俺が悪いんだけど、兄貴がこの件に首を突っこんだ以上、そう簡単に、もういいですとはいえないし。小木曽さんにしたって、ならそうするかとは、いえないわけで……」

そのとき小木曽は――。

「ヤクザ者が素人に騙されっぱなしでどうする。お前もスジ者の端くれなら、元金以上の金を取り戻してこい。とにかく追いこみをかけろ。きちんとヤクザの筋《スジ》を通せ。これも修業のうちだ。俺も力になる」

こういったという。

「それで毎日、奈美さんのところに押しかけて、しかも三千万払えって」

声をひそめながらも、きつく志織はいう。

「小木曽さんは筋だけは何が何でも通す人で、もう俺の一存では、どうにもならない状態になってしまった」

金本は何度も首を横に振った。

「でも、いうだけ、いってみたら」

思わず口から言葉が飛び出した。

金本の体がびくっと震えた。

「そんなことを口にしたら、いったいどんなことになるのか。怖くて、そんなことはいえない」

うつむいてしまった。

このとき、ふいに行介の顔が志織の脳裏に浮んだ。そうだ、珈琲屋だ。あそこに金本を連れていけば、何とかいい手立てがみつかるかもしれない。妙な展開になってしまったが、とにかくそれが一番だと思った。

「じゃあ今度、私と一緒に珈琲屋さんに行こう。あそこに行って洗いざらい話せば、何かいい方法がみつかるかもしれない。それしかない」

命令口調でいった。

「珈琲屋って、小木曽さんから聞いた、奈美さんの子供がいるっていう店か」

「そう。あそこなら親身になってくれる人たちがいるから、行ってみる価値はあるはず」

「親身になってくれるのか」

上ずった声を金本は出し、

「あそこの宗田行介というマスターは、人を殺したことがあって」

はっきりした口調でいった。

「知ってるの、マスターのこと」

「商店街を困らせていたヤクザ者を殴り殺し、何の弁解もせずに模範囚で刑期をつとめあげた……同じ刑務所に俺たちの同業が何人もいたから、ヤクザ者の間では評判になっている人」

すらすらと金本は口にした。

ようやくわかった。珈琲屋の名前を出したときの小木曽の態度が。そういうことなのだ。

「じゃあ、きまり。私のケータイの番号は、どうせあの怖い人から聞いて知ってるだろうから、金本さんのケータイ番号を教えてくれる」

志織の言葉に、どことなく嬉しそうな表情が金本の顔に浮んだ。志織はそんな金本からケータイの番号を聞いてメモに書きつける。そして、

「ひとつ、素朴な質問が、あるんだけど」

金本の顔を真直ぐ見た。

「話を聞いてたら、あなたは駄目ヤクザそのもの。そんなあなたがよく三百万もの大金を持っていたなと」

気になっていたことを訊いてみた。

「それは、あれだよ」

金本はちょっといい渋ってから、

「当たったんだよ。何気なく買った宝くじの一枚が。だからタナボタ式に五百万の現金が懐に。それだけのことだよ。俺は今でも、ピーピーの状態だよ」

体裁の悪そうな顔でいった。

「えっ、そんなことなの。でもこれで納得がいった。金本さんが本物の駄目男だとわかって」

「何だよ、それ。ちょっと傷つく言葉だよな。まあ、本当だから仕方がないけど。今夜だって、ビール一本ぐらいしか頼めないから、ちびちび飲んでるよ」

情けなさそうにいった。

「あら、そうなの。別にいいわよ。ビールの二、三本、何とでもするから」

心持ち志織は薄い胸を張る。

何だか金本に、親近感を持ち始めていた。

悪い兆候だった。もしこれが好意に変ったら……今までそれで何人の男に裏切られてきたのか。

こほんとひとつ空咳をする志織の耳に、

「じゃあ、もう一本、ビール」

嬉しそうな金本の声が聞こえた。


今夜も金本はカウンターの隅にいた。

あれから五日つづけて金本は志織の店に通いつめている。ただカウンターの前に座ってビールを飲みながら、志織と無駄話をして時間をつぶす。

そう、無駄話と愚痴。

むろん、勘定のほとんどは志織持ちだ。

このままでは店のみんなに金本は志織の情夫——そう思われてしまう。それだけは避けたいと思うが、なぜか志織は金本を憎めない。きつい言葉を金本に、ぶつけることができない。やっぱりこいつは、正真正銘の駄目男だと思いながらも、他愛のない話を聞くことになる。

そんな志織の顔を見上げて、

「俺ね、猫が飼いたいんだよね。俺たちってけっこう過酷な毎日を送ってるから、癒しのためにさ」

機嫌よく金本は話をつづける。

「そうね。癒しには猫が一番かも」

何が過酷な毎日だと思いつつ、こんな言葉が口から出る。やっぱり、悪い兆候だ。

「だけど、俺の住んでる所は、いつ建ったのかわからないようなボロアパートで、六畳一間なんだよね。これでは猫が飼えないだろ」

いっている意味がよくわからない。

「ボロアパートで猫を飼うのは、具合が悪いわけ」

怪訝な目を向ける志織に、

「だって、ボロアパートでは、猫がかわいそうじゃないか。やっぱり、ちゃんとした所じゃなくちゃ」

優しいんだか間が抜けているのか、わからないことを金本はいう。

「はあ、そういうもんですか。私には猫の気持はわからないけど」

皮肉をこめていってやると、

「ところで、姉ちゃんは、どんな所に住んでいるんだ」

真顔になって訊いてきた。

「私はいちおう、二間つづきのマンションに住んでるけど、それが何か」

ちょっと高飛車にいってやる。

「いや。そういう所で猫を飼えば、猫も大喜びするだろうなと思ってさ」

そういうことか。いっていることが、段々わかってきた。

「それって何。猫と一緒に、私のマンションに転がりこんでくるっていうの」

じろりと睨みつけると、

「あっ、まあ、そういう方法もあるのかなと。ほかに意味なんかないよ」

動揺したのか、金本は慌てて顔の前で手を振った。

「ふうん、ただそれだけなんだ。残念ながら私の住んでるマンションは、ペット禁止。だから、猫を飼いたいのなら、金本さんのアパートのほうが向いてる」

「あっ、そうなんだよね。今は、ペット禁止のマンションが多いから、俺もそうじゃないかとは思ったんだけど」

「精々、かわいい猫を飼って癒してもらったら。あなたのいう過酷な毎日を」

この一言で金本は黙りこんだ。

ちょっといい過ぎたかなと思っていると、しばらくして、おずおずと金本が口を開いた。

「あの、姉ちゃん」

蚊の鳴くような声だ。

「何よっ」

志織は何だか苛立っている。

「それは、つまり」

金本の声が震えている。

「つまり、俺って、姉ちゃんを好きになったら駄目かな」

相手に答えをゆだねる、駄目男特有のいい方だった。

「私のことが好きなの」

志織は、はっきりした口調でいった。

「いや、もしものことで。今の時点でということじゃなくて……」

「そんな質問には答えられない。もしもなんて、人を莫迦にするにもほどがある」

「あっ、その、そんなことは、決してないというか、莫迦げているというか」

金本は意味不明の言葉を並べて背筋をぴんと伸ばし、

「今の時点で、姉ちゃんが好きです。いえ、初めて会ったときから、姉ちゃんが大好きでした。これが俺の本心です。絶対に嘘じゃないです」

一気にいって肩で息をした。

なぜか言葉つきが変っている。

「誰が誰を好きになろうと、それは本人の自由で、相手が決めることじゃない。だから好きなら好きと、はっきりいえばいいでしょ」

先ほど感じた苛立ちは、きれいに収まっていた。

「好きですっ」

とたんに金本の声が響いた。

よく通る声だった。志織は慌てて周囲を窺うが幸い客は少なく、誰もこちらに注意を向けている者はいなかった。

「声が大きい」

仏頂面を志織は浮べる。

「すみません。心の声が、ほとばしりました」

恐縮した顔で金本は何度も頭を下げ、

「それで、姉ちゃんは俺のこと、どう思ってるのかなあと。それが知りたいんですけど……」

恥ずかしそうにいった。

「今は白紙。でも、嫌いじゃないとは思うけどね」

志織は曖昧《あいまい》な言葉を口に出す。

とたんに金本の顔が、ぱっと輝く。

「ちょっと、勝手に喜ばないでよ。嫌いじゃないってことは、特に好きでもないってことだから、勘違いしないでよ」

「ああっ、そうなんですか」

わかりやすく、しょげた。

「ひとつ、いいたいのは、私に好きになってほしいのなら……」

金本の喉が、ごくりと動く。

「ヤクザをやめなさい。私はヤクザとつきあう気はまったくない。それが第一条件。わかった、金本さん」

金本の肩が落ちた。

「どうしたの。ちゃんと聞いてるの」

「はいっ、聞いてます——だけど、ヤクザをやめるのは、ちょっと」

掠れた声でいった。

「無理なの？」

「一度入ったら、抜けるのはよほどのことがない限り難しいですから。でも、もしかしたら……」

「もしかしたら、何」

志織は身を乗り出す。

「小木曽の兄貴にいって、兄貴が承諾すればできるかもしれません。兄貴は組の幹部ですし、組長にも物がいえる人ですから」

「じゃあ、そうすればいいじゃない。簡単なことじゃない」

何でもない口調で志織はいった。

「でも、そんなことを兄貴にいえば、殺されるかもしれません。今まで面倒を見てきてくれた人ですから、恩を仇で返すことになります。あの人は珈琲屋のマスター同様、殺人の前科があるんです」

金本の震える声を聞きながら、それでようやく、あの獣の目の正体がわかったような気が志織はした。

「なら、どうしようもないじゃない。どうするのよ」

いつのまにか志織は、金本の側に立っている自分を感じていた。

「わかりません。でも俺は、やっぱり志織さんが好きです」

沈黙がつづいた。

「とにかく、早く珈琲屋に行こ。あそこに行けば何とか……」

沈黙を破る志織の言葉に、

「何とか、なるんですか」

金本が叫ぶような声をあげた。

「行ってみなければ、わからない。でも、頼れるのは、あそこしかない」

射るような目で志織は金本を見た。

「明日、どう。早いほうがいいから」

そろそろ、奈美から連絡が入るころだった。連絡が入ったら、小木曽に知らせると志織は約束している。その前に珈琲屋に行って、何もかも話してみたかった。

「どう、行けるの。どうなの」

怒鳴るような志織の声に、

「行きます」

金本は大きくうなずいた。


午後の三時頃。

志織は金本と二人で、珈琲屋の扉の前に立った。

扉の鈴を鳴らしてなかに入ると、客はテーブル席に数人いるだけ。カウンターの前に行くと、行介、島木、冬子の三人が二人を出迎えてくれた。店に行くことは、事前に行介に連絡してあった。

「おう、これが話題の金本君ですか。なるほど、なるほど。志織さんがいうようにヤクザには見えませんな」

機嫌のいい声をあげたのは、島木だ。

その言葉に金本はみんなに向かって、ぺこりと頭を下げ、行介たちもそれぞれ自己紹介をする。

「そしてあの子が奈美さんの子供の、きょんちゃん」

冬子が指を差すほうを見ると、今日子が真剣な表情でゲームをやっていた。

「ああ、テレビゲームですか。いいっすね。うちは貧しかったから、ああいった物は買ってもらえず、やったことはほとんどありませんでしたけど」

金本が羨ましげな声をあげた。

「私も家が厳しかったので、ああいうのはまったく。もっとも私は家には内緒だったけど、ゲームより芸能界のほうに興味があったし」

あっさりと志織はいって、二人はカウンターの端に腰をおろす。同時に行介の手で、湯気のあがるコーヒーが二人の前にそっと置かれた。

「熱いですから」という行介の言葉に「はいっ」と金本はしゃちほこ張った返事をして背筋を伸ばした。目は行介に釘づけだ。あれはヒーローを見る子供の目だ。そんな様子を見ながら、心の奥で志織が小さな溜息をもらすと、行介が「さて」と声をあげた。

「今朝の志織さんの電話から、話の内容はさっき島木と冬子に伝えた通りだ。ひとつは例の三百万を分割払いでもいいという件で、もうひとつは、金本君がヤクザをやめるにはどうしたらという件だ」

ここで行介はちょっと言葉を切り、

「この二つ――どちらも金本君の兄貴分の小木曽という人が絡んでいる。金本君がいうには、この小木曽さんはとても尋常一様な人ではなく、体の真ん中にびしっと筋の通った、根っからのスジ者ということなんだが、その人をいったいどう納得させたらいいか――そういうことなんだが」

困惑の表情でいった。

「さらに、小木曽さんがここにきた場合、無理やりきょんちゃんを連れ出すというケースも考えられると思うけど、その点は……」

おずおずと志織がいうと、

「無理やり子供を連れ出せば、これは幼児誘拐の罪に問われるから、まずは警察の手を借りるのが一番いい」

冬子がすぐに強い調子で声をあげた。

「むろん、そういうときは俺も警察にきてもらうのが一番いいと思いますが、はたして、いっぱしのヤクザが、そんな危ない橋を渡るもんだろうか」

島木がこんなことをいい、

「俺もそう思う。あれは奈美さんに対する脅しのようなもので、無理やりきょんちゃんを連れ出すなどということはしないと思う。ただとにかく、きょんちゃんをダシにして奈美さんを表舞台に引っ張り出したいに違いないと」

行介もこういって島木の意見に賛同した。

「でも、その小木曽という人。脅しの効果をあげる既成事実をつくるためにも、一度はここに……つまり、きょんちゃんの前に姿を現すんじゃない。そのときはいったい、どうしたらいいの。それだけで警察は呼べないだろうし」

冬子が穿《うが》ったことをいった。

「そのときは――」

行介が重い声を出した。

「俺がその、小木曽という人としっかり向きあう」

嗄れた声だった。

「そうね。それしか方法はないわね。相手は行ちゃんのことを知ってるようだし。ここは行ちゃんに一番、頑張ってもらうしか」

悲痛な声を冬子があげた。

「心配するな、冬子。相手は正統派のヤクザだ。いくら何でも無茶なことはしないと思うから」

行介がこう締めくくって、今日子を無理やり連れ出した場合は警察、それ以外は行介の対応ということになった。

「それはそれで決まりとして、三百万の分割の件も金本君がヤクザをやめる件も、小木曽さんの承諾がいるということだな、金本君」

優しげな声を行介がかけた。

「はい、すみません。兄貴が承諾しなければ、二つの件は前には進みません。それから、小木曽の兄貴は……」

金本は、ほんの少し言葉を切った。

「正直にいって、とても怖い人です。周りのヤクザ連中にも、あの人に逆らう者は一人もいません。話の展開によっては――」

金本は口をつぐんだ。

「殺し合いになるっていうの」

妙に澄んだ声を冬子があげた。

「まあ、そんなことにはならないと思うが、いずれにしても小木曽さんには、俺から話をつける」

抑揚のない声で行介がいった。

「ありがとうございます。縁もゆかりもない、私たちのために。恩に着ます」

その言葉に志織はすぐに反応した。

立ちあがって頭を深く下げた。金本も立ちあがり、何度も頭を下げた。

実をいうと志織は、行介のこの言葉を待っていたのだ。警察が介入できないとなると、頼りになるのは行介しかいなかった。そして行介なら、充分に小木曽と対峙できると信じていた。

「さて、あとは金本君の気持だが、本当にヤクザをやめるつもりでいるんだな。へたをすれば金本君自身も危なくなるかもしれないが、そこのところはどうなんだ」

凝視するような目で行介が金本を見た。

「はいっ。そのつもりです。志織さんが俺とつきあってくれるのなら、何でもするつもりです」

何となく軽い返事が口から出た。

「何をいってるのよ。私は考えてみるといっただけで、つきあうとはまだいってないわよ」

志織は、怒鳴るようにいった。その一言で、金本は体を縮めた。

「まあまあ、痴話喧嘩はそれぐらいで」

島木が割って入り、

「そういうことなら、もし警察を呼ぶとしたら、行さんと小木曽氏の間に何か事があったとき。そういうことになりますな」

低い声で島木が怖いことをいった。

「行ちゃん。本当に大丈夫なの、本当に」

冬子の目が潤んでいるように見えた。

「大丈夫だ。心配するな、冬子。ところで志織さん。奈美さんから電話があったら小木曽さんに知らせるということだったが、そのとき、もしここにくるのなら、いつなのか訊いてもらえないだろうか。そのときはみんなで待機することになるだろうから。もちろん、志織さんも金本君もだ。そして、できれば奈美さんも一緒に」

念を押すようにいった。

「わかりました。すべての発端は奈美さんからですから、必ずここにきてもらうことにします。そして、無事にきょんちゃんと一緒に帰ることができるように……」

志織がそういったとき、奥のテーブル席から今日子が走ってきた。

「おばさん、一緒にゲームやろうよ」

先日のことで味をしめたのか、今日子は冬子を指差して、

「こっちのおばさんは、今日も忙しそうだから。志織、お前がこい」

志織の手を取って奥に歩き出した。

そのとき、志織の脳裏に以前読んだ、女性週刊誌の一文が浮んだ。たとえ複数の男性と関係があったとしても、実の母親なら子供の父親は何となくわかる……この本に倣って、今度奈美から電話があったら、今日子の父親は宮部なのか島木なのか率直に訊いてみようと決めた。はたしてどんな答えが返ってくるのか……。

今日子に手を引っ張られながら、ふとカウンターのほうを振り返ると、金本が呆気にとられた表情で志織を見ていた。可愛い顔に見えた。

悪い兆候だった。

中年エレジー

ドアを開けて外に出る。

「行ってらっしゃい」

後ろから妻の郷子《きょうこ》の、よく通る声が響いた。

「行ってくるよ」と何とか声を張りあげ、隆一《りゅういち》はゆっくりと歩き出す。

ふと顔を上げると、秋特有の真青で大きな気持のいい空が広がっていた。が、隆一の心は沈んでいる。小さな吐息をもらすと、すぐそばで声があがった。

「お父さん。僕も途中まで一緒に行くよ」

一人息子で中学二年の良太《りょうた》だ。

「ああ、そうか。なら一緒に行くか」

掠れた声を出し、隆一は作り笑いを浮べる。

しばらく無言で歩いたところで、

「近頃、お父さん、元気がないね」

さりげない口調で良太がいった。

どきりとした。家のなかでは、なるべく明るく振るまっていたつもりだったが、ひょっとして……。

「なんでそう思うんだ」

なるべく普通の声で訊いた。

「笑顔が多すぎるから――それで、何となく無理をしてるんじゃないかと思ってさ」

「無理なんかしてないさ。お父さんは笑いたいから笑っているだけで、普段通りだよ。良太の勘違いだよ」

隆一は、できる限り落ちついた口調でいう。

「そうなの――そうならいいんだけどさ」

良太はちらりと隆一の顔に目を走らせ、

「じゃあ、僕はこっちだから。頑張ってね、お父さん」

学校につづく曲がり角に向かって走り出した。

そんな良太の後ろ姿を見ながら、子供は侮《あなど》れないと自分にいい聞かせる。見ていないようで、親の行動をきちんと見ている。これからはと考えたところで、ひょっとしたら郷子も――また気が重くなってきた。

隆一は駅に向かって歩く。しかし、どこといって行く当てはなかった。昨日と一昨日は、都心にまで足を延ばして時間をつぶしたが今日はどこへ……あるいはそろそろ、あれの決行のときなのかもしれない。だが、その前に――。

むしょうに『珈琲屋』に行きたかった。宗田行介という男の顔が見たかった。人を殺したことのある男の顔を。

商店街に入り、裏道に回って珈琲屋に向かった。時間からして、店はまだ開いてないのではと思ったが、幸いそんなことはなかった。

ゆっくりと古びた木製の扉を開けると、鈴がちりんと鳴った。その音に誘われるように隆一はなかに入りこんで、辺りを見回す。テーブル席に客はなく、カウンターの前に中年の男が一人座っているだけだった。

「いらっしゃい」

ぶっきらぼうな声が聞こえた。

カウンターのなかに立っている、がっしりした男の声――宗田行介だ。

隆一は真直ぐカウンターの前に歩き、中年男の隣に腰をおろした。

「何にしましょう」

低いがよく通る声で行介がいった。

ブレンドを頼んで、隆一は小さく咳をひとつした。なぜか緊張していた。

「あまりお見かけしませんが、ここは初めてですか」

隣の中年男が声をかけてきた。

「ああっ、はい。初めてです」

「そうですか。私はここの商店街で洋品店をやっている島木といいます。決して怪しい者ではありませんので、固くならないでください」

島木と名乗った男は、穏やかな口調で笑顔で頭を下げてきたので、隆一も慌てて頭を下げ、

「ご丁寧にありがとうございます。私は近くの公団アパートに住んでいる、永瀬《ながせ》隆一というものです。よろしくお願いします」

そういってから「あっ、年のほうは四十七です」とつけ加えた。

「ほおっ」

と島木が隆一の顔を真直ぐ見た。

「初めての客が、ためらいなしにこのカウンター席にくるということは、永瀬さんはやっぱりワケアリということで……」

といったところで、

「島木、詮索が過ぎる」

行介から声がかかった。そして「熱いですから」という言葉と一緒に、湯気のあがるコーヒーが隆一の前に置かれた。

「あっ、これは、恐縮です」

こんな言葉を口から出し、隆一は両手でコーヒーカップを持って口許に運んだ。そっと口に含んだ。熱かった。そして、おいしかった。心の温まる味だった。人の温かさに触れた思いだった。

隆一は無言で半分ほど飲み、そっとカップを皿に戻した。なぜか胸が騒いでいた。ふいに、目頭が熱くなった。隆一は歯を食いしばって涙をこらえた。

「永瀬さん……」

行介の声だ。優しげだった。

「すみません。お見苦しいところを見せてしまいました」

隆一は、洟《はな》をずずっとすすった。

「余計なことかもしれませんが、もし何か話したいことがあれば、遠慮なく話してください。もちろん、他言はいたしませんから」

労るような声だった。

「そうですよ、永瀬さん。ここはそういうところですから、何の遠慮もいりません。もし何かを聞いてもらいたいということでしたら、この不肖島木も力になりますから」

二人の言葉に、隆一の何かが外れた。こらえていた涙が一気に溢れた。次から次へと流れ出た。隆一は号泣した。

どれほど泣いていたのか。

「すみません。初対面だというのにこんな醜態《しゅうたい》をさらしまして、ご迷惑をおかけいたしました。恥ずかしい限りです。本当にすみません」

隆一は行介と島木に頭を下げた。

「すまないことなどありません。誰だって、泣きたいほど悲しいことはあります。だから、泣きたいときは思いっきり泣けばいい。人間なんて、みんなもろいもんです。恥ずかしいことなど、ひとつもない」

行介がゆっくりといった。

その声も、優しいものに聞こえた。

「はい、ありがとうございます。そうおっしゃってもらえると助かります。誰にも相談できないことを抱えていて、つい、この店にきてしまいました……」

本音を口にした。

「多分、永瀬さんはこの町の噂などから行さんの過去を知っていて、ここにきたんだと思いますが――それなら思いきって話せばいい。私はともかく、この男はあの出来事で、人の悲しみや苦しみのすべてを受けとめてきた人間ですから」

島木がいった。

その通りだった。

この珈琲屋のことは、同じアパートの住人から聞いていた。吐き出せない思いを抱えた人間が顔を出しているということを……。

島木の言葉に、隆一は行介に話してみようとあらためて思った。話してみてもどうにもならないことかもしれなかったが、それでも聞いてほしかった。

「実は二カ月ほど前に、会社が倒産しました」

低い声で隆一はいった。

隆一の勤めていた会社は、都内にあるアパレル関連の卸問屋だった。

といっても社員数は二十人足らず、個人商店といってもいいほどの会社だった。隆一は茨城県内の高校を卒業してこの会社に入り、営業の仕事をしていた。まだ年功序列の風潮が色濃く残っていたこの会社の係長に隆一がなったのは、今から二年ほど前のことだった。

正直なところ、有能な社員ではなかった隆一は、この人事に有頂天になった。ひょっとして〝名ばかり〟ではないかとも思ったが、嬉しかった。生きていてよかった。心の底からそう思った。

それが、このところの業界不況によって呆気なく倒産――隆一は頭を抱えた。それから何度かハローワークに通ったが、他の繊維会社に隆一の入る余地はなかった。他業種なら何とかはなるかもしれなかったが、給料が極端に低く、勤めあげる自信もなかった。

何より、一番の障害は隆一の年齢だった。どこの会社でも五十歳に手の届くような人間などは不要だった。隆一は途方に暮れた。しかし失業の件を妻子に話す勇気もなく、今でも出勤の時間になると家を出て、夕方まで暇をつぶして家に帰った。

だが、給料日が間近に迫っていた。倒産後も振り込まれていた給与は、先月で止まっていた。事がばれるのは、時間の問題だった。

そんなことを隆一は、つまりながら行介と島木に話した。

「ああ、それは辛いですね。男はそういうときには心の底から途方に暮れます。特に真面目で責任感の強い人間は」

ぼそっと島木がいった。

「四十七歳で失業ですか。悲しい話ですね。本当に悲しい話です」

行介が天井を睨みつけた。

「先ほど、他業種なら仕事はあるかもしれないといってましたけど、いったいどれほど給料は下がるものですか」

島木のさりげない問いに、

「小さな会社だったので今までも給料は安かったんですけど、それが半分近くに……これまでも妻はパートに出て、二人の給料を合せてようやく生活が成り立つという状況でしたから。それに私は、繊維一筋でやってきましたので他業種の仕事が勤まるとは、とても……」

蚊の鳴くような声になった。

「そうかもしれませんが、ここは一番、ひと踏ん張りして。何といっても、ご家族の生活がかかっていることですし」

島木の真っ当な言葉に、

「あの、私、先ほどもいいましたけど、仕事のできる人間じゃないんです。押しが弱くて機転も利かず――年功序列でようやく係長の役職はもらいましたが、学生のころから劣等生そのものの、落ちこぼれ人間なんです。情けない話ですけど」

うつむきながらいった。

「そこまでいわれると……」

絶句する島木の言葉を追いやるように、行介が声をあげた。

「俺にはちょっと、腑に落ちない点があります」

真直ぐ隆一を見た。

「永瀬さんの辛くて苦しい状況はよくわかりましたけど……正直にいえば、それはすべて愚痴で、ここにきて話す内容ではないような気がするんです」

腹にこもった声でいった。

「あの、それは……」

図星だった。

そんなことをいうために、ここにきたわけではなかった。だがそれは……。

隆一は視線を膝に落した。

「違いますか、永瀬さん」

凛とした声を行介はあげた。

「あの、実は、宗田さんのいう通りというか、何というか」

呂律《ろれつ》が回らなくなってきた。

「でも、今はその、まだ話せないというか、腹が括れないというか、今度きたときには必ず話します。せっかく聞いていただいたのに勝手なようですけど、今日はそんなところで、本当にすみません」

隆一は、行介と島木に何度も頭を下げた。

まだ話す勇気を隆一は持っていなかった。

それからしばらくして、隆一は珈琲屋を後にした。


夕方の六時少し前。

「ただいま」

といって隆一は家のドアを開ける。

「お帰りなさい。近頃けっこう早いわね。すぐに夕食だから、ちょっと待っててくれる」

郷子の声が台所から響く。

そのまま六畳の居間に行くと、良太はくつろいだ格好でテレビを見ていた。

「お帰り、お父さん」

機嫌のいい声をあげるが、何となく無理をしているようにも感じる。

「どうだ、野球のほうは」

着替えをしながら、さりげなく声をかける。

良太は中学の野球部に入っていて、ピッチャーをやっていた。

「どうってことないよ。僕は野球が好きだからやってるだけで、スポーツのセンスはないみたいだから、いまだに補欠だよ」

何でもないことのように良太は答える。

「とはいっても、一生懸命練習すれば、いつかはレギュラーになれるんじゃないか」

励ましの言葉をかけると、

「レギュラーは無理。僕だって自分の実力ぐらいはわかってる。でも、僕は野球が好きだから、ボールを投げられるだけでいいんだ。それだけで、充分楽しいんだ」

無邪気な言葉が返ってきた。

「そうか、そうだな」

曖昧な言葉を口にしながら「すまないな良太」と隆一は心の奥で頭を下げる。

実をいうと、隆一も運動のセンスは皆無だった。良太同様、隆一も野球が好きで中学時代は野球部に所属していた。しかし、やっぱり万年補欠で三年間、ベンチを温めていただけ。良太のスポーツセンスのなさは、親譲りだった。

「どうだ、良太。ちょっとお父さんと、キャッチボールをしないか。夕ご飯のできるまでの間」

着替えをすましてこういってみた。

「えっ、もうすぐ暗くなるけど、これからやるの」

驚いたような良太の言葉に、

「まだまだ、球は見えるから大丈夫だ。お父さん、久しぶりに良太の球が受けたくなった」

このとき隆一は、むしょうに良太とキャッチボールをしたい思いにかられていた。

「いいけど」

良太はすぐに了承して、二人分のグラブを持って玄関に向かう。

「えっ、何。今からキャッチボールをするの。もうすぐ、夕食できるわよ。二十分ぐらいにしてよ」

二人の姿を見て、台所の郷子が呆れたような声をあげた。

外に出ると、まだ充分に明るかった。しかし秋の夕暮れは釣瓶《つるべ》落し——隆一と良太は道の両脇に分かれて、すぐにキャッチボールを始めた。

少し肩ならしをして、あとは本格的な投げ合いだ。ポーン、ポーンと小気味好い音が辺りに響く。

「良太、お父さんがキャッチャーをやるから、ピッチャーとして得意な球を投げてみろ」

隆一はこういって、その場にしゃがみ、グラブを構える。

「わかった」

と良太はうなずき、投球体勢に入る。

投げた。

ボールは隆一の構えたグラブに、ぴたりと納まった。

アウトコース低めの直球だった。速度はなかったが、コースは文句なしだった。

「ナイスボール」

大声をあげて、隆一は次の球を良太に要求する。

次の球も直球だった。今度はど真ん中。やはり速くはなかったが、コースは申し分なかった。

「いいぞ、良太。コントロール抜群だ。どんどん投げろ」

嬉しさ一杯の声を隆一はあげる。

次の球を良太が投げた。これも直球だった。そして次の球も、次の球も。

「良太、何か変化球はないのか」

思わず口に出すと、

「変化球なんて無理だよ。決め球は直球だけだよ。僕は不器用だからさ」

こんな言葉が返ってきた。

不器用と良太はいった。

隆一も同様だった。何をやらせても不器用で融通が利かなかった……これも親譲りかと考えてみて、それでいいじゃないかとも隆一は思った。何事も直球一本槍で、余計な小細工はなし。ある意味、素直で潔かった。良太の人柄を如実に表している球筋ともいえた。良太の性格は優しくて素直——前途は多難かもしれなかったが、隆一は何となく嬉しかった。

「ようし、わかった。それならあと、直球五本だ」

こう叫んで隆一はグラブを構える。

キャッチボールが終るころ、西の空に日が落ち始めていた。綺麗な夕焼けだった。夕陽を背に隆一と良太は家に戻る。

ドアを開けると、ぷんとカレーのいい匂いがした。

「直球と夕焼けとカレーか」

胸の奥で呟く隆一の脳裏に、幸せという言葉が浮んだ。しかし、この幸せも、あとわずかで……。

「遅い。二人とも、さっさと手を洗って」

声をあげる郷子は笑っていた。

急かされるまま手を洗ってテーブルにつく隆一と良太の前に、香り立つカレーの皿が並べられる。あとは野菜サラダと味噌汁だけの食事だったが、充分だった。

「三杯は、いける」

嬉しそうに良太がいう。

「いいわよ、三杯でも五杯でも。ご飯だけはたっぷりあるから」

胸を張るようにしていう郷子の顔を改めて見ながら、可愛いなと隆一は思う。年は隆一より三つ下だったが、丸顔で大きな目をした郷子は、かなり若く見えた。

知り合ったのは、隆一の会社のすぐそばに郷子の勤める食品卸の会社があり、近くの食堂で時々昼食が一緒になったのがきっかけだった。そのころから郷子はハツラツとしていて、食堂にやってくる男たちから人気があった。

やがて二人は親しく話すようになり、その一年ほど後に結婚したのだが、なぜ郷子が地味でおとなしいだけの自分を選んだのか、隆一にはわからなかった。

以前、そのことを質してみたことがあったが、そのとき郷子は、

「あなたは絶対、浮気をしない人だと思ったからね。私はけっこう気が強いから、相手が浮気なんかしたら絶対離婚するに違いないと思ったから」

嘘か本当かわからないことを、笑いながら口にした。

そんなことを考えていると、前に座っている郷子が口を開いた。

「どうしたの、まじまじと見つめて。何かついてる、私の顔に」

真顔でいった。

「あっ、いや。パートの仕事に子供の世話、それに家事全般をいつもこなして、大変だろうなと思って」

つまりながらいった。

「ふうん」

郷子は鼻にかかった声を出し、

「要するに、惚れ直した。そういうことなのか。それならわかる」

男の子のようないい方をして、ふわっと笑った。やっぱり可愛かった。

郷子は隆一とは正反対のさっぱりとした性格で、どんなことに対しても前向きにテキパキとこなし、迷うという様子がなかった。貧乏生活の愚痴もいわなかったし、持ち前

の気の強さからくる夫婦喧嘩もよくやったが、離婚という言葉を郷子が出したことは一度もなかった。

いい妻——。

郷子に対する隆一の思いはこの一言につきたが、たったひとつだけ、気にかかることがあった。

結婚してすぐのころ、こんなことを郷子がいい出した。

「生命保険に入ってもらうから」

むろん、対象者は隆一で、受取人は郷子だった。毎月の掛け金が安いということで、掛けすての終身保険。隆一が死亡した場合の保険金の額は三千万円だった。

正直、いい気はしなかったが、

「あなたが何かの事故か病気で亡くなったとき、路頭に迷うのは私と、やがて生れてくる子供なのよ。だから、まだ若いあなたはいい気分じゃないでしょうけど、何もいわずに入ってくれると嬉しい」

こういわれたら、断る理由はなかった。

隆一は、三千万の生命保険に入った。そして、その保険は今でも生きていた。実は隆一が珈琲屋で話したかったのは、この保険の件だった。

四日後の夕方、隆一は再び珈琲屋を訪れた。

「おや、いらっしゃい。永瀬さん」

と声をかける行介の前には、二人の人間がいた。一人は島木で、もう一人はやけに綺麗な女性だった。

「永瀬さん、こちらへどうぞ」

島木の誘いのまま、隆一はその女性の隣に腰をおろす。

「ブレンドでいいですか」

という行介の言葉に隆一はうなずき、

「永瀬隆一といいます。よろしくお願いします」

と隣の女性に頭を下げた。

「このすぐ近くにある蕎麦屋の娘で、冬子といいます」

明るい声が返ってきた。

「私と行さん。それにこの冬子は小さなころからの幼馴染みで、何でも話せる家族のような間柄なんです」

島木はこういってから、ちょっと申し訳なさそうな表情を浮べて、

「ですから、この間、永瀬さんから聞いたことを冬子にだけは話してしまいました。まあ、女性の意見を聞いてもいいかと思いまして。むろん、その他には誰にも話していま

せんから、ここはひとつ、了解してもらって」

三人を代表するように頭を下げた。

「もちろん、大丈夫です。それより先日は、とんだ醜態をさらしてしまいまして——それに、泣くだけ泣いて、本当にお話ししたかったことはいえませんでしたから」

隆一も恐縮していうと、

「すると今日は、本当の話が出てくるんですね」

島木が体を乗り出してきた。

「あっ、いや、まだ腹が括れなくて……すみません、毎回勝手なことばかりをいって」

申し訳ない思いでいうと、奥の席から何かが走ってきた。小さな子供だ。こまっしゃくれた顔をした女の子だ。

「おばさん、何か、お菓子」

叫び声をあげてから、いきなり隆一の顔をじっと見た。瞬間、うんというように軽くうなずき、冬子のほうを見た。何やら変った女の子のようだ。

「きょんちゃんは、何が食べたいの」

優しげな冬子の声に、

「アイス」

と、小さな女の子は答えた。

「行ちゃん、アイスってあるの。店のメニューにはないけど」

「あるよ。きょんちゃん用に買っておいて、冷凍庫に入れてあるよ」

にまっと笑って行介は答え、奥のほうに入っていった。すぐにバニラアイスのカップを手にして戻ってきて、冬子に渡す。

「はい、どうぞ」

冬子が女の子に手渡すと、

「バニラか。本当はチョコがよかったんだけど、まあいいか」

そのまま走って奥の席に行き、すとんと腰をおろした。どうやら、ゲームをやっていたようだ。

「あの子は、きょんちゃんといって、知り合いからの大切な預りものなんです」

かしこまった表情で冬子がいった。

「ああ、そうなんですね。何だか、風のような女の子ですね」

という隆一の脳裏に、良太の小さなころの姿が浮んだ。しかし良太は、あんなに活発ではなかった。強いていえば、あれは郷子だ。小さいころの郷子は、あんなかんじに違いないと、妙に納得している自分を感じて笑みが浮んだ。

「熱いですから」

そんなところへ、行介の手で湯気のあがるコーヒーが、カウンターに置かれた。

「あっ、恐縮です。いただきます」

そっと手に取って口に運ぶ。

やっぱり、人の温もりを感じる味だった。

「おいしいです」

呟くようにいって、しばらくコーヒーを味わった。半分ほど飲んで、カップを皿に戻したとき、島木が声をあげた。

「どうですか、永瀬さん。話してみる気になりましたか」

「そうですね。何だか、さっきの小さな女の子を見ていたら、何もかも話したい――そんな気持になりました」

正直な気持だった。家族のあれこれや、保険金のこと。そして、その先にある物騒で自分勝手な話のすべてを……。

「じゃあ、とにかく。まずは、コーヒーを全部飲んでからにしましょうか。そうすれば、もっと気持も落ちついてくるはずです」

行介の柔らかな声に、隆一は皿の上のカップに手を伸ばす。熱さは収まっていた。喉を鳴らして飲みこんだ。

素直な味だった。

土曜日のせいか、けっこう客は入っていた。

「良太、ハンバーグだけでいいのか。他に食べたい物があれば、どんどん頼めよ」

満足そうにハンバーグを口に押しこんでいる良太に、隆一は発破をかけるようにいう。

「うん。それじゃあ、ポテトフライと、それから食後のデザートに、チョコレートケーキを頼んでもいい」

ちょっと心配そうな口振りで訊いた。

「もちろん、いいさ。たまには奮発しないと、元気も出てこないからな。といっても、ファミレスだけどな」

最後の言葉を遠慮ぎみにつけ加えた。

「あらっ、ファミレスで充分よ……だけど、あなた」

郷子は視線を隆一に移した。

「だけど、何だよ」

隆一の胸が騒ぎ始めた。

「急にみんなで外食しようなんて、何かあったの」

さらっと訊いた。

「別に何も……あっ、そうそう、この間、良太とキャッチボールをやったんだけど、あんまりいい球を投げるもんで、そのご褒美といったところだよ」

隆一は良太の顔をちらっと眺める。

「素直でいい球だって、お父さんに褒められたよ。ストレートしか、僕は投げられないけどね」

フォークの手を止めて、良太は嬉しそうにうなずく。

「そうか、良太はストレートしか投げられないのか。でも、素直でいい球っていうのはいいわね。そこのところはあなたに、似たんだろうね」

素直でいい球は、自分に似ている……。

隆一の胸がきゅんと疼いた。

「素直でいい球は、俺譲りなのか」

思わず口走ると、

「もちろん、そうよ。だって、それ以外にあなたには取柄なんてないじゃない」

これも、さらっといった。

これでこの話題は落着となったが、隆一は郷子の最後の言葉に少し消沈した。頭の片隅に先日の珈琲屋でのやりとりのつづきが浮んだ。

コーヒーをすべて飲んだあと、隆一は背筋をぴんと伸ばした。両の拳を力一杯握りしめ、下腹に力をこめる。こうでもしなければ、言葉が出てこない気がした。

「先日、会社が倒産して失業してしまったことはお話ししましたが——」

と前置きをして、家での生活のことやら一人息子の良太のこと、そして妻の郷子のことなどをつまりつまりしながら行介たちに話した。けっこう時間はかかったが、その間、行介たちは一切口を挟まず、黙って話を聞いていた。

「いい奥さんじゃないですか。周りの男どもから人気があったにもかかわらず、地道な永瀬さんを気に入って結婚した……いやあ、羨ましい限りですなあ。さぞや、美人でありましょうな」

話が終ったあと、こんな素頓狂なことをいったのは島木だ。

「島木君、論点が違う」

すぐに冬子が注意するが、

「それはわかっているけど、常日頃から愚痴もこぼさず、夫婦喧嘩になっても離婚の二文字もいったことがない。そんな女性、そうはいないはずなのに、現にうちなんか……本気で羨ましいなと思ってね」

「はい、おかげ様で――」

島木の言葉に嫌な気はしなかった。むしろ、郷子を褒めてもらって嬉しかった。

「郷子さんも立派だが、息子さんの良太君も感心そのものだ。高望みなどしないで、好きだからというだけで黙々と野球をつづけている。それも、永瀬さん譲りというんだから大したもんだ」

唸るようにいう行介に、

「そうね。郷子さんはしっかり者で、良太君は親思い。島木君じゃないけど、本当にいい家族だと思う。ねえ、行さん」

睨むような目で、冬子が行介を見た。

「しかし、それが枷になって、永瀬さんは事実を家族に話せなくて頭を抱えている。そういうことなんですよね」

すかさず島木がこういって、永瀬を見た。

「ええ、まあ、そういうことなんですが、それだけでは……」

ぼそっとした声を出し、隆一は視線を落とした。

「何か他にも、相談事があるんですか」

身を乗り出す島木に、

「はい。他の人にはどうってこともないような話なんですが、私には」

隆一はひとつ深呼吸をして、結婚後すぐに郷子が切り出した、三千万円の保険の話をした。

「三千万ですか。それはまた、けっこうな額ですね」

吐息まじりにいう島木の言葉を追いやるように、

「その話の、どこが不満なんですか、永瀬さんは」

冬子が強い口調で声を出した。

「私はただ、なぜ新婚早々だというのに、妻が死亡保険をすすめたのか。まだ若い盛りだった自分は死ぬなどということは頭になく、正直いって不愉快でした。そして、その気持はまだ、私の心のなかに燻《くすぶ》っています。情けないことですが」

隆一は淡々といった。

「永瀬さんは、いったい何のために今まで働いてきたんですか」

「そりゃあ、家族のためですよ。家族の幸せのために、私はこれまで一生懸命働いてきたつもりです」

思わず大きな声が出た。

「そうですよね。永瀬さんは家族のために一生懸命働き、奥さんは家庭のために一生懸命、仕事と子育てを両立させてきた。二人とも微妙な違いはあっても、根は同じなんですよ」

やんわりという冬子に、島木が声をあげた。

「微妙な違いって、永瀬さんのいう家族という言葉と郷子さんの思っている家庭という言葉のことか——俺にはどちらも同じことのような気がするけどな」

「それは男と女の差。身の周りを考えたとき、男は近視眼的に見るけど、女は俯瞰的《ふかんてき》に見ている。その差のことよ」

きっぱりと冬子がいった。

「そうかなあ。俺には男も、けっこう俯瞰的な目で世間を見ていると思うけどな」

それでも島木が食い下がると、

「そうねえ。天下国家や大事件を論じるときなどは、そうかもしれないわね。みんなが評論家になったつもりでね」

皮肉っぽく冬子はいった。

「とにかく今、島木君と男と女の思考の違いを話している暇はないからまたにして。女は十年先、二十年先の家族の在り方まで考えているってことを永瀬さんには知ってほしいだけ」

「それが、家庭を考えるってことですか」

ぽつりと声を出す永瀬に、

「二十代、三十代の永瀬さんなら、保険はいらないかもしれない。もし亡くなったとしても、郷子さんも若いから何とでもなる。でももしこれが、四十代、五十代で亡くなったら郷子さんは途方に暮れると思う。子供もまだ一人前になってはいないし、ひょっとしたら、ローンなどの借金も残っているかもしれない。それでも家族は生きていかなければならない」

ここで冬子はぽつりと言葉を切り、永瀬の顔を真直ぐ見た。

「しっかり者の郷子さんはそこまで考えて、まだ掛け金の安いうちに保険に入ってほしいと、永瀬さんに頼んだのよ」

そういって何度もうなずいた。

冬子のいわんとしていることは理解できた。今、まさに隆一は、その困難に直面しているのだ。むろん死ではなく、失業という局面ではあるが……。

「よくわかりました」

隆一は冬子に頭を下げる。

「何となく理解できましたが……今の話を冬子さんからではなく、郷子自身の口から聞かせてもらったらすっきりするんですけど、あいつはそういう理屈っぽい話はしませんからね」

「そこが郷子さんのいい所じゃないんですか。理屈っぽいことは抜きにして、どんと本音をぶつける。まさに姉御肌の女性……そしてそこに永瀬さんは今まで、甘えてきたんじゃないですか」

——甘えてきた。

辛辣な言葉を冬子が出した。

そうかもしれないと、永瀬も思う。優柔不断な自分を支えて、郷子はしっかり頑張ってきた。しかし……。

「冬子さんの話は、わかりました。だけど……」

「だけど、何」

「よく考えてみると、男って悲しい生き物なんですね」

ぽつりといった。

とたんに島木が声をあげた。

「よくぞそこに、気がついてくれました。男は悲しい。まさにその通りであります。家族のためにあくせく働いても、見返りはほとんどなし。そればかりか——」

といったところで冬子が遮った。

「島木君は、ちょっと黙って」

有無をいわせぬ声だった。

「男は悲しい。でも、女だって悲しいのよ。そして、男女に限らず、生きとし生けるもの、すべてのものが、みんな悲しいの。でもね」

冬子の目は潤んでいるように見えた。

「悲しくたって、幸せにはなれる。現に私だって、能天気な島木君や、大好きな行ちゃんとこうして毎日会うことができて、ほんのささやかなものだけど、幸福感を味わっているもの。そこんところをよく考えてみて。ねえ、行ちゃん」

「あっ、そうだな。幸せはどこにでもあるはずだよな、幸せは……すまんな、冬子。俺は何といったらいいのか」

掠れ声で行介がいった。

そうなのだ。冬子は出所してくる行介と一緒になるために、厳格な嫁ぎ先から離婚をしてもらう手段として若い男と浮気をし、この町に戻ってきた。しかし、どんな理由なのかはわからないが、二人はいまだに一緒になってはいない……というのが町の噂だった。

「そうですね。よく考えれば、幸せってどこにでもあるはずですよね」

何かをいわなければと思い、隆一は甲高い声をあげた。

張りつめた空気が流れた。

「永瀬さん」

凜とした声があがって緊張が破れた。

行介だ。

「先日は愚痴話、今日は家族と保険の話。まだあるんじゃないですか。この店でしか話せない、切羽つまった相談事が」

この店でしか相談できない話。

郷子が生命保険を掛けた、もうひとつの理由——。

郷子は、隆一が何か不始末をしたときの最後の手段として、保険を掛けたのではないか。もしそうなら、今がそのときのような気がした。自分が命を絶てば、周りは丸く収まる。郷子がもしそれを望むのなら、隆一は自殺をしてもいいと思っていた。固く目を閉じて、高いビルの屋上から飛びおりればすべてがすむのだ。

しかし、今日も行介たちにはいえなかった。口にする勇気がなかった。優柔不断な自分が恨めしかった。

「すみません。私はまだ勇気が……またきます。そのときにはきっと。お騒がせばかりさせて、本当にすみません」

隆一は財布から硬貨を取り出してカウンターに置き、そそくさと出入口に向かった。

そのとき、何気なく奥の席に目をやると、今日子が一生懸命ゲームをやっているのが見えた。小さくて痩せた体が目に入った瞬間、なぜだか胸が締めつけられる思いに襲われた。鼻の奥が熱くなった。

ファミレスに行った次の日の、日曜日。

居間でくつろいでいた良太に、

「野球の練習は、休みなのか」

と隆一は訊いてみた。

「日曜日は部活禁止になっていて、今日は丸々休みだよ」

「そうか、なら、天気もいいしキャッチボールをしよう。まだ昼前だから、思う存分できる」

こう誘ってみると、それを聞きつけた郷子が口を挟んできた。

「ねえ、それなら隣町の芝生公園にみんなで行ってみない。塩味とツナマヨのオニギリならすぐできるから、それをお弁当にして」

郷子のこの提案で、三人揃って隣町に行くことになった。むろん、キャッチボールのためのグラブを持って。

芝生公園に着いたのは、十一時頃だった。サッカーボールを蹴るもの、バドミントンをするもの、小さな子供たちは鬼ごっこに夢中だ。頭の上には、秋特有の濃い青空が広がっている。

郷子は用意してきたビニールシートを敷き、その上に持ってきた弁当などを置いて、自分は隣に腰をおろす。

隆一と良太は、キャッチボールだ。

ポーン、ポーンと小気味好い音が響く。

あっという間に、一時間が過ぎた。

三人仲よく、昼食だ。

「塩の加減が、丁度いい。うまいなこれは」

と隆一が褒めると、

「ツナマヨのほうが、おいしいよ。コンビニのものより、全然おいしい。オニギリはやっぱり、ツナマヨだよ」

良太がこう力説する。

「玉子焼きもつくったから、こっちも食べてね。甘いやつだけど」

郷子が嬉しそうにいう。

まさに、絵に描いたような幸せな光景……しかし、これもやがて。

「ずっと二人のキャッチボールを見てたけど、どこが素直でいい球なのか、私にはまったくわからない」

郷子がほんの少し、唇を尖らせる。

「お母さんに野球がわかったら、大変だ。野球ってやつは、うんと奥が深いからな。なあ良太」

隆一は良太に同意を求める。

「うん、そのおかげで僕もお父さんも、万年補欠なんだから」

笑いながらいう良太を見て、

「でも、二人が楽しそうなのは、よくわかった。私はそれで、充分満足」

こんな会話をしながら、良太はオニギリを三つ食べ、隆一と郷子は二つずつ食べた。

「なら、良太。腹ごなしに、もうひと踏ん張りするか」

隆一がこう声をかけると、すぐに「うん」という返事と一緒に良太は立ちあがる。

「おおい、良太っ」

そんなところへ、ちょっと離れたところから声がかかった。

「こっちで一緒に、遊ばないか」

数人の男子が手を振っている。

「あっ、学校の同級生」

良太がちょっと困った顔をして隆一を見た。行ってもいいか、という表情だ。

「おう、行ってこい。お父さんのことは気にせず、思う存分遊んでこい」

けしかけるようにいうと「うん」と良太は友達のほうに走っていった。

「ようやく親離れのときが、きたみたいね」

ぽつりと郷子がいった。

「そうかもしれないな。男の子にしたら、ちょっと遅すぎたくらいだからな」

隆一もしみじみという。

「そうね。そしてやがては、私たち二人だけが残される」

そういってから郷子は顔をあげて、青空を凝視するように見た。

「とってもいい天気……こんな機会だから、私、ちょっと話がある」

真顔だった。

胸が騒いだ。

「あなたの会社に、先日電話を入れてみた」

恐れていた言葉が郷子の口から出た。

「あなた、ずっと様子が変だったし。会社から帰ってくるのも、以前よりずっと早くなって、仕事のことを口にするのもなくなったし。だから思い切って」

「……」

「そうしたら、この電話は現在、使われておりませんって——ひょっとして、会社なくなってしまったの」

普段通りの声で、郷子はいった。

「すまないっ」

隆一はビニールシートに正座して、額をこすりつけるように頭を下げた。

「それはやめて。良太がこんなところを目にしたらどう思うか」

叱りつけるような声で郷子はいい、隆一もすぐに頭をあげるが、正座は崩さなかった。

そしてその格好で、これまでの一部始終を郷子に話した。

「で、どうするの」

話を聞き終えた郷子はこういって、隆一の顔を真直ぐ見た。

「今もいったように、ハローワークでは他業種の仕事しかなかった。給料も今までの半分近くになるようだし、もう少し様子を見て考えてみようと思っている」

蚊の鳴くような声でいった。

「そういうけど、もう年もいってるし、様子を見たとしても好条件のところは出てこないんじゃないの。たとえ給料が安くなったとしても、私は他業種の会社でいいと思うけど」

優しい口調だった。

「本当にそれでいいと思ってるのか。本当に、それで」

思わず声が荒くなった。

「それしか方法がないのなら、それで与えられた仕事を一生懸命やるしかないじゃない。そうすれば、待遇が変るかもしれないし」

諭すように郷子はいう。

「私もパートじゃなくて、フルで働いてもいいと思ってる。他に方法がないのなら、こうするのが一番だと私は思うわ」

方法という言葉を郷子は強調しているように、隆一には思えた。

「本当に、他に方法はないんだろうか」

くぐもった声を出した。

「えっ、どういうこと」

郷子が身を乗り出した。

このとき隆一は決心した。

「俺、郷子にちょっと訊きたいことがあるんだけど」

郷子の顔を、じっと見た。

「結婚したてのころ。郷子は俺に三千万円の死亡保険を掛けた。あのとき郷子は、俺が何かの事故か病気で亡くなったら、路頭に迷うのは自分と生れてくる子供だといった」

隆一はごくりと唾を飲みこみ、

「あれは、本当に本心なんだろうか」

極めつけの一言を出した。

「本心にきまってるじゃない。若いうちならともかく、働き盛りで亡くなれば、すぐに生活は厳しくなる。そうなったときのことを心配して、掛け金の安いうちにと思って入ってもらったのよ」

ほとんど、冬子と同じ答えが返ってきた。

珈琲屋では郷子自身の口から、その理由を聞けば納得するといったが、それを聞いてもなぜか安心感は湧いてこなかった。気が昂《たかぶ》っていた。

「何を勘違いしてるか知らないけど、万が一の、文字通りの保険よ。他に理由なんて何もないわ」

郷子には珍しく疳高い声があがった。

「その、万が一というのは、今のこの状態のことじゃないのか。今、俺が死ねば、三千万が入ってくる。無駄飯食いの俺が生きているより、死んだほうが郷子たちは助かるんじゃないのか」

最後の言葉が飛び出した。

「もし、郷子がそう思っているのなら、俺は死んでもいいと思っている。もし、郷子がそう思っているのなら」

いってしまった。沈黙が流れた。

「そんなこと、思っていない」

沈黙を破ったのは郷子だ。

「私は、親子三人が何とか生きていける方法を考えているだけ。あなたに死んでほしいなんて、夢にも考えていないわ」

言葉を選ぶように、ゆっくりといった。

「とはいえ、俺に三千万の保険金が掛かっているのは事実だ」

自分でも何をいっているのか、わからなくなってきた。

「屁理屈にも、ほどがあるわ」

呆れた表情を郷子が浮べた。

さらに隆一の感情に火がついた。

「もっと穿った見方をすれば、何の取柄もない俺と結婚したのも、今のような状況を想像していたからじゃないのか。この人はやがて何かで失敗する。そのとき責め抜いてやれば、この人は自分で自分の命を絶つってな」

「何、それ。話がめちゃくちゃで、屁理屈にもなってないじゃない。まったく、莫迦につける薬はないとはよくいったわ……死にたきゃ、勝手に死ねばいいわ。それであなたの気がすむのなら」

「わかったよ、死んでやるよ。素直に死んでほしいと頼めば、お前のために喜んで死ぬつもりだったが、綺麗事ばかり並べ立てるからそれはやめだ。その代り、良太のために立派に死んでやるよ」

いつのまにか、正座が胡坐《あぐら》になっていた。

それっきり、二人は黙りこんだ。

先に口を開いたのは、郷子だ。

「ねえ、あなた。もう少し冷静になろうよ。これじゃあまるで、子供の喧嘩だよ」

哀願するようにいった。

「そうだな……にしても、俺の気持は変らないけどな。三千万でお前たち二人が幸せになれば、それはそれで俺の本望だ。これは嘘偽りのない俺の本心だよ。酷い言葉を並べ立てたけど、俺は決して郷子を恨んでない。こんな俺と結婚してくれて、本当に有難いと思ってるよ」

そういって隆一は、ゆっくりと立ちあがった。不思議と心は澄んでいた。ひとつの大仕事をやり終えた気持だった。

「なら俺は、ちょっと行くところがあるから先に帰る。晩飯はそこいらですませてくるよ」

「どこへ行くの」

心配そうな声を郷子は出した。

「行きつけの喫茶店だよ。そこでうまいコーヒーを飲んで頭を冷やしてくるよ」

隆一は、珈琲屋の熱いコーヒーがひどく飲みたかった。

一時間後、隆一は扉の鈴を鳴らして珈琲屋に入った。

カウンターに向かうと「いらっしゃい、永瀬さん」という、いつもの行介の太いが柔らかな声が聞こえた。

今日は冬子の姿はなく、カウンターの前には島木が一人だけいた。隆一はその隣にゆっくりと座り、ブレンドを頼む。

「今日、冬子さんは」

と声をあげると、

「あいつは、きょんちゃんと一緒に買物に行っていて、今日はきません」

島木が神妙な表情でいった。

どうやら口を慎むように、行介や冬子から釘を刺されているようだ。

「きょんちゃんは、ちょっと乱暴ですがいい子ですねえ。私はあの子を見るたびに、妻の子供のころはあんなだったんじゃないかと、胸にしみる思いがします」

しみじみとした口調でいうと、

「その様子では、ようやく憑物《つきもの》も落ちたようですね。死神という物騒な憑物が」

ほっとした面持ちで行介がいった。

「わかってたんですか。私が死のうか、どうしようかと迷っていたことが」

「そりゃあ、わかりますよ。あれだけ、いろんな話をして、おまけに三千万円の生命保険ですから」

「そうですね。普通、わかりますよね。でも、その憑物も落ちて、今日は相談ではなく報告にやってきました」

「それは、よかった。じゃあ、今夜は祝杯ということで、どこかに繰り出しますか。もちろん、私持ちということで」

顔中で笑って、機嫌よく島木がいった。

「いや、そういうわけにはいきません。というのも、憑物は落ちましたが、私の優柔不断な心は固いものに変りましたから」

「といいますと……」

怪訝な表情を浮べる島木に、

「その前に、私と妻との話を聞いてくれますか。修羅場になりましたが」

そういって隆一は芝生広場での出来事を行介と島木に詳しく話した。

話し終えると、

「それは売り言葉に買い言葉で、郷子さんに悪意はありませんよ。むしろ、気は強いが優しくて頼もしい、いい奥さんではないですか」

島木が声をあげた。

「もちろん、今では私もそう思っています。それに、冬子さんがおっしゃった理由と同じことを郷子自身の口から聞きました。これはもう、信じるしか仕方がありません」

「なるほど。それで死神の憑物も落ちて、自分で自分の命を絶つことをやめた。しかし、それならなぜ、祝杯を」

狐につままれたような顔の島木だった。

そのとき「熱いですから」というといつもの言葉と一緒に、湯気のあがるコーヒーが隆一の前に置かれた。

「いただきます」

隆一は、熱いコーヒーを喉の奥にゆっくりと落した。半分ほど飲んで、そっとカップを皿の上に戻し、

「さっきの島木さんの質問ですが、郷子の行動に悪意はないと感じたとたん、私の体のなかで何かが弾けたんです。それなら、妻と息子の二人を幸せにしてやらなければいけないという気持が――三千万は相当の額ですから」

「何をいってるんですか」

とたんに行介が叫んだ。

「郷子さんも良太君も、永瀬さんが生きることを願っているんですよ。それを反故《ほご》にしてどうするんですか。もっと冷静になってよく考えてください」

「私は冷静です。冷静に考えたあげく、死んだほうがいいという結論に達しました。私が他業種に勤め、妻がフルで働いたとしても暮しは多分ギリギリです。それなら、いっそ――こう考えるのが人情というものです」

何でもないことのように、隆一は話した。

「そんなものは人情でも何でもない。ただの強欲です。金と命を較べることは到底無理なんです。命さえあれば金は何とかなりますが、金で命を買うことはできませんよ。そ

れに自分で自分を殺すということは、殺人と同じです。人を殺すということは、獣になるということで、二度と人間には戻れません。人を殺したことのある私がいうのだから、間違いはありません」

一気に行介がいった。

「むろん、間違いはないでしょう。そんな経験をした宗田さんだからこそ、私はここを訪れたんですから。しかし、私が死んでしまえば、もう人間に戻る必要もなくなります。影も形も無くなってしまうんですから」

行介の顔が歪んだ。そして、

「それで、永瀬さんはそれを、いつ決行するつもりなんですか」

絞り出すような声をあげた。

「いろんな整理もありますから、十日後ぐらいに」

「それまでに、もう一度この店にきてくれますか」

「ええ……ここには迷惑ばかりかけてますから、最後のご挨拶にうかがうつもりです」

といったところで、

「どうするんだ、行さん」

悲痛な声を島木が出した。

「どうしようもできん。誠心誠意、説得するのみだ。どこかに監禁するわけにもいかないし、とにかく説得するしか方法はない」

絶望的な声を行介はあげた。

隆一はそんな行介と島木に心の奥で詫びて、深く頭を下げた。

その夜、アパートに帰ると「お帰りなさい」と、郷子はいつも通りの声で隆一を迎えた。

居間に行くと、良太はすでに自室に入ったようで姿はなかった。

居間のテーブルの前に座ると、すぐに熱いお茶が郷子の手で運ばれてきた。そっとテーブルに置き、

「死なないでください、あなた」

潤んだ目でいった。

「もう、決めたんだ」

ぼそっというと、

「いくら貧乏しても、私と良太にはあなたが必要なんです。だから、死なないで、お願いします」

郷子の目から涙がこぼれた。

「申しわけない。俺はお前たちに迷惑だけはかけたくないんだ。これは落ちこぼれ男の矜持《きょうじ》で、俺の最後のプライドなんだ。だから、許してくれ。お願いだから」

這いつくばって頭を下げた。

郷子は無言だった。

ただ一言だけ――「いつ、やるの」と行介と同じことを訊いた。

「何かと整理や処理もあるだろうから、十日後ぐらいになると思う」

この言葉に「そう」とだけ答えて、郷子は視線を落とした。


次の日から郷子は仕事を休んだ。

終日、隆一の説得を続けた。

「いざとなったら私、警察に届ける」

ともいった。

「警察に届けても、何の手出しもできない。精々、決行日が数日延びるだけだ」

隆一はとりあわなかった。

「あなたは、私と良太を犯罪者の家族にするつもりですか。自殺は立派な犯罪です。私たちは、一生それを背負って生きていかなければなりません」

五日目に、涙ながらにこんな言葉を投げつけてきた。これには心が痛んだ。すまないと思った。だが決心は揺らがなかった。

こんなやりとりが毎日つづき、そして九日目の夜。

「あなたに、真面目な話があります」

と寝室にいた隆一のところに郷子がきて、居間に誘われた。

そこには良太もいた。青ざめた顔をしていた。可愛かった郷子も一気に老け顔に変っている。

「先日、初めてお父さんのことをお母さんから聞いた。びっくりした。僕もお母さんも、お金より、お父さんが生きていたほうがいい。だから死ぬことなんて、絶対に……」

良太は泣いていた。

「大丈夫よ、良太。お父さんは絶対に死なない。今夜の話し合いでそう決まるはずだから、一部始終をしっかり見てて」

どういうわけか、落ちつき払った顔で郷子はこう断言した。

「これを見てください、あなた。今日届いたばかりのものです」

テーブルの上に一通の封書を置いた。すでに封は切ってあった。

差出人を見ると、生命保険会社だった。嫌な予感が隆一の体をつつみこんだ。震える指でなかの書類を抜き出した。恐る恐る目を通した。

「ああっ……」

という悲鳴に近い声が、隆一の口からあがった。

書類は三千万円の生命保険の、解約受諾書だった。

「二十年以上、掛けてきた保険を、解約したのか。何てことを」

怒鳴り声が出た。

「これでもう、あなたが死ぬ根拠はなくなりました。あなたが死んでも、お金は一円ももらえません。良太と相談して二人で決めました。これが私と良太の、あなたに対する本物の心です」

隆一の体から、何かが抜けていった。心も体も、空っぽの状態になった。何もかもが、真白になった。

どれほどの時間が過ぎたのか。

気がつくと、郷子と良太が肩を震わせて泣いていた。それを見た隆一の目からも、涙が溢れていた。

三人で手を取り合って号泣した。

「すまなかった。莫迦な父親だった。金に目が眩《くら》んで何もかも見えなくなった。本当に莫迦な父親だった」

いったとたん、恐怖心が湧いた。

「人を殺すということは、獣になるということです」

行介のいった言葉が脳裏に蘇った。

殺すのも、殺されるのも嫌だった。

「あなたは、私があなたと結婚したことを訝《いぶか》しんでいましたが」

郷子が隆一の顔を凝視した。

「昔、私はあなたのその問いに、絶対に浮気をしない人だからと答えましたが、あれは一種の方便です。本当のことをいえば、人を好きになるのに理由はいりません」

隆一の顔を見る郷子の目に、柔らかな光が宿った。

「私は愚直で不器用なあなたが、大好きでした。こんなこと、とても恥ずかしくていえませんでしたけど、理由はそれだけです。好きなものは好きなんです」

隆一は畳に突っ伏した。

途方もなく温かなものが、体中をつつみこんでいた。郷子も良太も、素晴らしい妻と息子だった。かけがえのない宝物だった。一生手離したくない、大切すぎるものだった。

そのとき隆一は、珈琲屋のコーヒーをむしょうに飲みたい衝動にかられた。考えてみれば、あれから一度も珈琲屋には顔を見せていない。明日行こうと思った。

もちろん、一人ではない。郷子と良太との三人でだ。いったい行介たちは、どんな顔で迎えてくれるのか……。

ふっと顔をあげると、郷子と目が合った。

ちゅんと郷子が鼻をすすった。

可愛い音だった。

希望

夕方の四時頃——。

カウンター席には冬子が一人。

今日子はいつものように奥の席で、ゲームに一生懸命だ。客は他に、テーブル席に二人いるだけだった。

「ねえ、行ちゃん。まだ志織さんから報告はないの。奈美さんから電話があったという件で」

カップの底に残っていたコーヒーを一気に飲んで、冬子が催促じみた言葉を出した。

「ないな、まだ」

行介は口に出してから、

「俺にいってもらっても、こればっかりはな。志織さんをせっついても、奈美さんとは連絡の取りようがないから、ここはじっと我慢して待つ他はな」

宥《なだ》めるようにいう。

「ごめん。行ちゃんや志織さんを責めても、仕方のないことだった。でも、何だか胸の奥が騒ついて、落ちつかない」

冬子には珍しく、弱気な声だった。

「そうだな。俺も冬子と同じ思いだけど、やっぱり待つことぐらいしかな」

しんみりと行介がいったとき、扉の鈴がちりんと鳴った。

入ってきたのは、がっちりとした体型の中年の男だった。

「いらっしゃい……」

行介の声が、途中で掠れた。

男はテーブル席にちらっと目をやってから、真直ぐカウンター席に向かって歩いてきた。まとっている雰囲気に普通の人間にはない、異質なものが感じられた。

ひょっとしたら、これが金本の兄貴分だという小木曽なのでは……行介の体に緊張が走る。男はカウンターの前まできて、ゆっくりと丸イスに座った。冬子の顔が強張るのがわかった。

「ブレンドを」

男がぼそっといった。

行介は微かにうなずき、コーヒーサイフォンをセットする。

誰も何も話さない。

無言の時間が流れる。

ひりひりする空気が漂う。

「熱いですから」

という行介の太い声が沈黙を破った。

「おう、これは本当に熱そうだ」

屈託のない男の声が響いた。

男はカップを手にとり、ゆっくりと口に運ぶ。男のコーヒーをすする音だけが、聞こえてくる。

「あんたが、宗田行介さんか」

男がカップをそっと、カウンターに戻す。

「もう聞いてはいるでしょうが、私は小木曽という、奥でゲームをやっている今日子ちゃんのお母さんに追いこみをかけている者です」

ちゃんと今日子の存在を確認していた。

「その小木曽さんが、今日は何のためにこの店へ」

はっきりした声で行介は訊く。

「単なるご挨拶ですよ。というより、宗田さんの顔を見にきたといったほうが、正確でしょうかね」

何気ない口調で小木曽はいう。

「俺の顔を……ですか」

「そう。宗田さんがこの件に首を突っこんだとなると、いずれは――」

「いずれは、何ですか」

小木曽の顔を行介は真直ぐ見た。

「さあ、何でしょうね」

薄く笑みを浮べた。

「それにしても、いい顔だ。きちんと筋の通った、腹の据わった顔をしていらっしゃる。確かに人を殺したことのある顔だ」

極めつけの一言を出した。

「好き好んで、そうしたわけじゃない」

行介の声が震えた。

「むろん、そうです。好き好んで殺すやつは単なる愚か者で、尊敬には値しない。そこへ行くと宗田さんは……」

という小木曽の言葉が終らないうちに、

「どんな理由であれ、人を殺すような人間はすべて愚か者で獣同然だ。二度と人間には戻れない」

行介は言葉をぶつけた。

「ほうっ。二度と人間には戻れませんか。それでその贖罪が、その右手ですか」

小木曽の熱っぽい視線が、行介の右手に注がれていた。

アルコールランプにかざし、ケロイド状に引きつれた醜い手だ。小木曽は行介の焼けただれた右手に気づいていた……。

「甘いね、宗田さんは。甘すぎますね。しかし逆にいえば、その甘さゆえに怖い行動に走るともいえますがね。相手が獣なら、何をするかわからないという怖さがね。その太い腕でね」

小木曽は、ほんの少し首を竦めて見せた。

そんなところへ、何かが走ってきた。今日子だ。

「おばさん、お菓子。アイスがいい。チョコアイス」

冬子に向かって叫んだ。

小木曽が今日子の顔を正面から見た。

「やあ、今日子ちゃん。元気一杯で、いいね」

優しげな声をあげた。

「おじさんは今日子ちゃんのお母さんの友達で、小木曽っていうんだけどよろしくね」

笑いかけた。が、目は笑っていない。修羅場をくぐり抜けてきたヤクザ者の目だ。

今日子は硬い表情のまま突っ立って、無言で小木曽の顔を見ている。何かを値踏みしているような目つきだ。そして、

「おじさんは、お母さんの友達なんかじゃない。お母さんを苛める、ラスボスだ」

今日子の口から、声がほとばしった。

一瞬で小木曽の顔から笑いが消えた。凄まじい目で今日子を睨みつけた。普通の子供なら泣き出すような狂気をはらんでいた。

だが今日子は——。

その目をしっかり受けとめていた。決して視線をそらさず、逆に小木曽の顔をこれでもかと睨みつけている。ぐっと足を踏んばって、色が変るほど両手を固く握りしめて。

どれほど時間が過ぎたのか。

先に視線を外したのは、小木曽のほうだ。ふうっと大きな吐息をもらした。

「宗田さん……」

低い声を出した。

「大人げないことをしましたが、世の中には凄い子がいるもんだね。私や宗田さんの比じゃない。こんな子を見たのは初めてですよ」

小木曽はそういって、カップに残っていたわずかなコーヒーを飲んだ。

そしてポケットからコーヒー代きっちりの百円硬貨を出してカウンターに置き、ゆっ

くりと立ちあがった。

「今日はこれで帰りますが、またくることになるでしょうから、そのときはよろしく」

そういって、今日子の頭を右手でぽんと軽く叩いて背中を向けた。

ちりんと扉の上の鈴が鳴った。

「大丈夫、きょんちゃん」

冬子が今日子の前に駆けよった。

「大丈夫だよ。何でもないよ」

今日子の顔は元に戻っている。

「怖くなかったの。あんなおじさんと睨み合いをして」

今日子の肩を冬子は軽く揺する。

「怖かったよ。怖かったけど、お母さんを苛めるやつは絶対に許せないから」

疳高い声でいった。

「それにしても。きょんちゃんは、あのおじさんがお母さんを苛めるやつだと、よくわかったね。どうして、そう思ったんだ」

行介は気になったことを訊いてみた。

「お母さんが、あんな狼のようなおじさんと、友達なわけないじゃないか」

当然だというように、一気にいった。

「そうか……なるほどな。それにしても、凄い度胸だ、きょんちゃんは」

首を傾げる行介に、

「そんなことより、おじさん、アイス」

叫ぶように今日子がいう。

「ああ、そうだな。この前、いわれたから、チョコもちゃんと買ってある」

行介は奥の冷凍庫からチョコアイスを出してきて、今日子に渡す。

「ところで、きょんちゃん。ラスボスっていうのはいったい何なんだ。俺にはさっぱりわからないんだけど」

とたんに今日子の顔に、見下げたような表情が浮んだ。

「ゲームに出てくる、ラストボスに決まってるじゃないか。悪いやつらの親分だよ。そんなこともわからないのか、おじさんは莫迦なのか」

ばたばたと奥の席に走っていった。

「あの子にゃ、敵わないな」

苦笑する行介に、

「あの子は天下無敵。きょんちゃんに敵う人間は、この世の中にはいない」

冬子がきっぱりと断言した。

「そうだな。それで決まりだな。もっとも、向こう見ずなだけ……なのかもしれないがな」

行介は独り言のように口に出し、

「それにしても、子供はどんな場合でもお母さんの味方をするんだな」

しみじみとした口調でいった。

「そりゃあ、そうよ。子供にとって、お母さんは一番大切な存在。お母さんにとっても、子供は一番大切な宝物。そんじょそこらの絆じゃないんだから」

「絆か……やけに眩しい言葉だな」

行介はほんの少し押し黙り、

「なら、父親はどうなんだろうな。子供にとって」

ぼそっといった。

「お父さんは、お母さんの次。にしたって強い絆に変りはないと思う。世界中で、たった一人。唯一無二の、大切すぎる存在には違いないんだから」

「唯一無二の強い絆か」

自分にいい聞かせるような行介の言葉に、

「もしかして行ちゃん、子供が欲しくなったの」

上ずった声を冬子が出した。

「何というか、子供というものは可愛いものなんだなと、ふと思って。それで、ついというか何というか」

つまった声で行介はいう。

「それって、私と行ちゃんの……」

冬子の口調に湿ったものが混じった。

「それは」といって行介は宙を睨んだ。

濃密な空気が周りを押しつつんだ。

行介は空咳をひとつして、

「冬子。もう一杯、コーヒー飲むか、俺も飲むけど」

掠れた声でいった。

「うん。飲む。何だかいろいろあって、口のなかがカラカラだから」

その言葉に行介がサイフォンをセットしようとすると、ガス台の横に置いてあるケータイが音を立てた。画面を見ると志織からだった。行介は、ケータイを耳にあてる。

「もしもし宗田さんですか。志織ですけど、ようやく奈美さんから連絡がありました。つい、さっきに」

まくし立てるように、志織はいった。その言葉に、こちらもついさっき、小木曽が挨拶だといって店に顔を出したことを話す。

「えっ、あの怖い人が挨拶にきたんですか……じゃあ、明日の夕方、そっちへ行きますから、情報交換を。ええ、奈美さんも一度そっちへ行きたいといってましたから、すぐに連絡して一緒に。はい、今度はきっちり状況を話して、ケータイの番号を教えてもらいましたから大丈夫です。もし明日、都合が悪いということなら、折り返し電話します」

ここで志織は一息入れ、

「それから、奈美さんに、きょんちゃんの父親は誰なのかそれとなく訊いてみたんですが、やっぱり、わからないとのことでした……」

こんなやりとりをして電話を切り、行介はその内容を冬子に話して聞かす。

「へえっ、明日奈美さんがくるのか。それなら、きょんちゃん、大喜びだね。そして、島木君は、その奈美さんとの対面にどんな顔をするんだろう」

興味津々の表情でいった。

「いずれにしても、事は結末に近づいている。よほど、腹を括ってかからないとな」

低い声で行介はいって、宙を睨みつけた。

このあと、志織から電話はかかってこず、志織と奈美が明日『珈琲屋』にくることは確実になった。

カウンター前の島木が、どうにも落ちつかない。

時計ばかりを気にして、コーヒーも三杯目を飲んでいた。

時間は四時半を少し回っている。

「島木君。何度時計に目をやっても、時間は速く進まない。志織さんは夕方といっていたから、あと二、三十分もすれば奈美さんはくるでしょ」

隣の冬子が呆れ顔でいう。

今日子はいつものように、奥の席でゲームに忙しい。

「あのなあ冬ちゃん、奈美さんは志織さんに、きょんちゃんの父親はわからないと答えたそうだけど、本当だと思うか。母親なら、おぼろげながらではあるかもしれないけど、わかるような気がするんだけど」

えらく真面目な顔で訊いてきた。

「どうなんだろ、私はまだ母親になったことはないから――」

といって冬子はカウンターのなかの行介の顔をちらっと見た。そんな冬子に行介はわずかにうなずいて見せる。それで何かを納得したのか、

「はっきりしたことは、いえないけど」

鷹揚に冬子は言葉を出す。

「いえないけど、何だよ」

体を乗り出す島木に、

「母親の勘で、何となくわかりそうな気もする」

首を傾げながら冬子は答える。

「そうだろ、そうだろ。それをなんで奈美さんは、わからないなどと。その点はどう思う」

「私は奈美さんじゃないから、答えようがない。そういうことは、奈美さんに直接訊いてみればいいんじゃない」

いいかげん、うんざりした表情でいって冬子は島木を突き放す。

「だから、なかなか怖くて訊けないから、こうして冬ちゃんに訊いてるんじゃないか。なあ、行さん」

今度は行介に助けを求める。

「男の俺に訊かれてもなあ。とにかく、お前にしたら最重要な問題なんだから、やっぱり真摯な態度で奈美さんと向かい合って訊いてみるしかないだろう」

諭すようにいったところで、扉の鈴がちりんと鳴った。とたんに、島木の体が硬直したように固まった。

「こんにちは」という声と同時に入ってきたのは志織とそれに奈美らしき女性、金本も一緒だった。

志織が奈美を紹介し、三人はカウンターの前で、行介と冬子、島木に向かって頭を下げる。奈美は恐縮そのものの表情で、謝りと礼の言葉を何度も繰り返した。

ちらっと奥に目をやると、今日子が立ちあがるのが見えた。目は真直ぐ、こちらを見ている。走り出した。いつもより速い。

カウンターの前にきて、どんと奈美にぶつかった。そのまま体に抱きついて、声をあげて泣き出した。大泣きだ。

「ごめんね、きょんちゃん。辛い思いをさせて本当にごめん。あともう少しだから、もう少しだけ我慢してくれる」

奈美の言葉に今日子はしゃくりあげながら、何度もうなずく。

「だからもう少し、あっちでゲームをしていてくれる。お母さん、みんなと大事な話をしなければならないから。どう、わかった」

ハンカチで今日子の顔を拭う奈美の目も、潤んでいるようだ。

「わかった」

叫ぶように今日子はいって、今度は走らずに歩いて奥に向かった。その小さくて痩せた背中を見ながら、行介も熱いものを胸の奥に感じていた。

「本当にみなさんには、ご迷惑ばかりをおかけして申し訳ありませんでした。話は志織さんから聞いています」

今日子が席に座るのを見届けて、奈美はまた深く頭を下げる。

「特に今日子を預かってくれた冬子さんには、何とお礼を申しあげていいのやら。乱暴すぎる、あの子を」

「いいえ。外では羽目を外すこともありますが、家にいるときはとても聞き分けがよくて、ほとんど苦労はしませんでした。かえってこっちが癒される一方で――ねえ、島木君、行ちゃん」

島木の体が、ぴくんと震えた。

「ああ、まったく、その通りです。本当に癒されたといいますか、まったくもって、有難いことです」

訳のわからない言葉を並べたてる島木に、

「それはどうも――あの節は、お世話になって、本当にありがとうございました」

奈美も、ぎこちなく言葉を返す。

「さて」と行介が両手を叩き、

「挨拶はそのへんで、どうぞみなさん、席に座ってもらって。コーヒーも、そろそろ入りますので」

奈美に向かって笑いかける。

「すみません。このお店に無理難題を押しつけまして」

そういって奈美たちは丸イスに腰をおろす。

薄化粧の奈美は、清楚といってもいいほどの素直な顔立ちで、背もすらりと高かった。なるほど、これなら島木が手を出すのも……と、妙な納得感を覚えながら、行介は並べたカップにコーヒーを注ぐ。

「悪いな、金本さん。あんたの分は今、淹れているから、もう少し待ってくれるかな」

「俺の分なんか、いつでもいいですよ。ただ、昨日、小木曽の兄貴がきたっていうもんで、どんな様子だったか知りたくて。それに俺は今、志織ちゃんと一緒に暮しているもんで、やっぱり、心配で」

「ええっ、そんなことになっているんですか！」

島木だ。

「勝手にこいつが、転がりこんできたんですよ。それで仕方なく。まったく、図々しいったらありゃしない」

弁解するようにいう志織に、

「なんだよ。自分だって満更じゃなかったくせに」

おどけた顔で金本がいう。

「そんなこと、ないわよ」

と、ざっくばらんな会話が飛びかって、周りはなごやかな雰囲気につつまれた。行介は、「熱いですから」と、奈美と志織の前に淹れたてのコーヒーをそっと置く。

二人がカップに手を伸ばし、口をつける。ゆっくりと飲みこむ。

「おいしい」

二人から同じ言葉が出るのを聞きながら、

「それじゃあ、昨日ここにやってきた小木曽という人とのやりとりを話しますので、飲みながら聞いてください」

行介はこういって、昨日の様子を話す。

「えっ、きょんちゃんが。そんな怖い人と」

小木曽と今日子の睨み合いのところで、奈美が驚きの声をあげた。

「きょんちゃんは、お母さんが大好きなんですよ。だから、お母さんのためなら、どんなことでもね。そういうことだと思いますよ。ねえ、行ちゃん」

冬子が、しんみりした声をあげた。

「そうだな。きょんちゃんはお母さん思いの凄い子ですよ。あの強面《こわもて》の小木曽さんも驚いていましたけど」

行介はようやくできたコーヒーを、金本の前に置きながら声を出す。

そして三人がコーヒーを飲み終えるころ、行介も話し終えた。金本が声をあげた。

「実は俺、例の分割払いの三百万の件を、小木曽の兄貴に話したんです。志織ちゃんのところに転がりこんだ直後に――」

神妙な顔をしていった。

そのとき、小木曽は——。

「スジ者として、お前はそれでいいのか。素人になめられっぱなしで」

こんなことを口にしたという。

「俺はスジ者といっても半端者で、素人に毛の生えた程度の情けないヤクザですから、分割払いでも……」

蚊の鳴くような声でいうと、

「そうか。そうなると、その件はお前の手から離れて、完全に俺の手に移った。そういうことになるんだな」

こんな言葉が返ってきた。

この件は小木曽一人の手に……怖い言葉だったが何もいえなかった。「はいっ」とうなずくより術はなかったが、金本にはもうひとつだけ、小木曽にいいたいことがあった。

「あの……」

泣き出しそうな声になった。

「兄貴にもうひとつ、頼みがあります」

うつむいたまま、いった。

「実は俺。好きな女ができまして、その女が私と一緒になりたいのなら、ヤクザをやめ

ろと。俺にヤクザは似合わないから、堅気になってちゃんとした仕事につけといってい
ます。それで俺、組を……」
一気にいった。そうしなければ言葉が出ない気がした。全身が小刻みに震えていた。
小木曽の顔を見ることができなかった。
「組を抜けたいか——確かにお前にヤクザは似合わない。この先、組にいても鉄砲玉に
なるぐらいがオチだろう。そうなったら、いくらお前贔屓の俺でも止めるのは無理だ。
そうなる前に、組を抜けるのは正しい判断かもしれん」
「兄貴っ」
小木曽はわかってくれている。そう感じた金本は思わず顔をあげた。
獣の目が金本を見ていた。
体がぶるっと震えた。
「いいたいことはわかった。だが短い間だったとしても、お前も組のメシを食ったスジ
者だ。抜けるなら抜けるで、きちんと筋だけは通さないと組長に話すこともできん。わ
かるな、金本」
淡々と小木曽は話した。
「これで三百万の件、お前がヤクザをやめる件、このふたつともが俺自身の問題になっ
たわけだ」

「はいっ」

としか言葉が出てこない。

「今度、奈美という女と会ったときに、このふたつの片を同時につける。だから、お前もそのとき同席しろ。場所は珈琲屋だな。そういうことだ」

そういって小木曽は、立ちあがったという。

「ええっ、そんなことがあったの。それって私、初耳」

聞き終えた志織が、途方に暮れた声をあげた。

「ごめん。なかなか話せなかった。本当にごめん」

金本は頭を下げて、カウンターに額を押しつける。

「まあ。起こってしまったことは、仕方がないけど」

どうやら志織も、金本のことはけっこう気に入っているようだ。

「それで、その通せという筋っていうのは何のことなの」

「ゼニ、ユビ、ケジメの世界だから」

ぼそっという金本に、

「お金と指って――お金はわかるけど、ユビって、この指のことなの」

志織は目の前に手を開いて見せる。

「そんな風潮がヤクザの世界には、まだまかり通っているのか、この現代に」

行介は思わず声をあげる。

「ヤキを入れられて、それで終りという組も、あることはありますけど」

「じゃあ、それにしたら」

素頓狂なことを志織がいった。

「でも、小木曽さんは昔気質の人だから、それではちょっと」

ようやく頭をあげた金本は、首を左右に振る。

「それで、お金のほうは」

これは奈美だ。

「俺程度の半端者だと大体、三百万ぐらいかな。よくわからないけど」

「うちの借金と同額……」

独り言のように奈美はいい、

「百五十万ぐらいなら出せる。それ以上はちょっと厳しい」

申し訳なさそうに声を出した。

「うちは、五十万円ぐらいなら」

志織はそういってから、

「ふたつ合せても二百万か。これでは駄目か」

大きな溜息をついた。

「そういうことより、小木曽の兄貴の本心は」

金本が声を荒げた。

みなが一斉に金本を見た。

「宗田さんと闘いたいんですよ。宗田さんはある意味、兄貴の憧れの人のようです。だから金もなく、指もつめられないということなら、宗田さんに自分と闘えと。これが兄貴の本心だと思います」

いってから金本はうなだれた。

「闘うって、具体的にはどういうこと」

冬子が甲高い声でいった。

「命のやりとり……殺し合いです」

低すぎるほどの声を金本は出した。

「そんなこと、そんなこと」

冬子の声が、ひしゃげた。

「だから、奈美さんと金本君が小木曽さんと会うのは……ここ珈琲屋。そういうことだったのか」

島木が初めて意見をいい、

「どうする、行さん」

と行介の顔を凝視した。

「どうするって、俺にもどうしたらいいのか、わからん」

行介は切羽つまった声を出し、

「とにかく、小木曽さんに会わなければならないのなら、まず、その日時をきめよう。逃げていても埒が明かない。志織さんも、奈美さんから連絡があったらすぐに教えろと小木曽さんにいわれているし――だからまず、念のために俺たちは奈美さんとケータイの番号を交換して、誰からでもすぐに連絡がつくようにし、そして日時を決めて志織さんから、小木曽さんに伝えてもらう。そのあと、どうなるかは会ったとき次第だ。くよくよ考えていても、事は前には進まない」

強い口調でいった。

「行ちゃん」

冬子が怯《おび》えたような声を出した。

「やるの、殺し合い」

「さあ、どうだかな。それも含めて、会ったとき次第だ」

「場所はここ、珈琲屋か」

島木の言葉を聞きながら、ふと奥の席に目をやると、今日子が立ちあがってこちらを見ていた。

子供なりに不穏な空気を感じとっている。そんな気がして笑みを浮べてみたが、今日子のほうは無反応だった。

志織の電話によって、小木曽が珈琲屋にやってくるのは三日後の夜の七時ということに決まった。いよいよ対決だ。

「いったい、どんな展開になるんだろうね」

カウンター前に一人で座る冬子が、ぼそっと口に出す。

「残念ながらそれは、俺にもまったく見当がつかない」

低い声で行介はいう。

「何だかんだといっても、最後は行ちゃんと小木曽さんとの殺し合いになるんじゃないの」

「それは冬子……」

くぐもった声を出す行介に、

「先日、金本さんがいってたように、行ちゃんはある意味、小木曽さんの憧れの人なんだと私も思う。だからこそ、闘ってみたい、命のやりとりがしたいっていう……今度の件にこの店が関わっているということを知って、その時点で小木曽さんの目的は奈美さんから行ちゃんへと変ったんじゃないの。金本さん同様、私もそんな気がしてならないんだけど」

沈んだ表情で冬子が一気にいった。

「そうかもしれない。しかしだからといって、どうしたらいいのか俺には……案外、金本君や冬子の思い違いってこともあり得るしな。いずれにしても、どんなにじたばたしても世の中、成るようにしかならんからな」

ほんの少し、行介は笑ってみせた。

「そうね」

つられたように冬子もほんの少し笑い、

「私と行ちゃんとの間も、成るようにしかならない。くよくよしたって、始まらない」

甲高い声でいったとき、小さな人影がカウンターの前に立った。

奥の席でゲームをやっていた、今日子だ。

「あらどうしたの。もうゲームは終りなの」

怪訝な表情を冬子は浮べる。

「そうでもないけど……」

今日子はそういって、冬子の隣の丸イスによじ登るようにして腰をかけた。

「きょんちゃん、ジュースでも飲むか」

行介が柔らかな声を出すと、

「うん」

今日子は神妙な顔をして、素直にうなずいた。

行介は今日子の前に、オレンジジュースの入ったコップをそっと置く。今日子はふた口ほどジュースをすすって飲むのをやめ、小さな吐息をもらした。こんな様子の今日子は初めてだ。

あのときからだ。小木曽が店にやってきて今日子に会い、あの獣の目と睨み合いをしたときから。あれから今日子の心に微妙な変化が起きたような気がする。むろん、行介たちの間にも、ある種の緊張感が漂っているのは事実で、子供心にもそんな不穏な空気を察しているのかもしれない。

「どうしたの。もう飲まないの」

優しく訊く冬子に、

「お母さんは、いつ迎えにきてくれるの」

ぽつりと今日子がいった。

「あっ、お母さんは――」

冬子は一瞬絶句してから、

「あと三回、きょんちゃんが寝たらきてくれるから。そのときまで我慢してくれる」

噛んで含めるようにいう。

「あと三回だな。本当に三回寝れば、お母さんがくるんだな。迎えにきてくれるんだな、おばさん」

今日子が一気にいった。

「必ずきてくれるから、それまで、おばさんと一緒に待っていようね」

背中を軽くさすりながらいう冬子に、今日子はこくっとうなずくが、歯を食いしばっているのがわかった。

「冬子……」

上ずった声を行介はあげた。

「どんな結果になろうとも、きょんちゃんを泣かせるようなことにはしない。子供を泣かせるようなことには、絶対にな」

「そうね。たとえ、私たちが泣くことになっても、きょんちゃんだけはね」

冬子も強い目で行介を見た。

「私が泣くって、どういうこと？」

行介たちの言葉に何かを感じたらしく、今日子が冬子に怪訝な目を向けた。

「ただの、たとえ話よ。きょんちゃんが気にすることはないわ」

冬子がつくろいの言葉を並べたとき、扉の鈴がちりんと鳴って誰かが店に入ってきた。

カウンターの前に真直ぐやってきたのは島木だ。表情が硬かった。

「あっ、きょんちゃんも一緒なのか。珍しいね」

どことなく口調も沈んでいる。

そんな様子に何かを感じたのか「きょんちゃん」と冬子が今日子に声をかける。

「ごめんね。おばさんたち、ちょっと大事なお話があるから、きょんちゃんは向こうでゲームやっててくれる」

頼みこむようにいうと「うん」とすぐに今日子はいって丸イスからおり、奥の席に向かった。いつもなら走っていくのだが、今日は肩を落して歩いて……小さな背中がよけいに小さく見えた。

「どうしたの、島木君。元気なさそうだけど、何かあったの」

隣に座りこむ島木の顔を覗きこんで、早速冬子が声をかけると、

「奈美さんに会ってきた」

ぽつりと島木は答えた。

「奈美さんに！」

と声をあげる冬子に、

「まあ、ちょっと待て。今、新しいコーヒーを淹れるから、話はそれからにしよう」

すぐに行介はサイフォンの下の、アルコールランプに火をつける。

しばらくして、島木と冬子の前に湯気のあがるコーヒーを置く。いい香りがふわりと

周囲に漂う。

「それを飲んで、落ちついてから話せ」

行介の言葉に、島木は両手でカップを持って口に運び、無言でコーヒーを飲む。ひとしきり飲んでから、小さな吐息をもらした。

「ケータイに電話して、さっき、出勤前の奈美さんと喫茶店で会って話をしてきた」

気を取り直したのか、低いがはっきりした声で島木はいった。

奈美は今、六本木のクラブに勤めていた。けっこう高級な店で実入りもいいため、これからもしばらくはそこで働くつもりだということだった。

「小木曽との話がついたとしても、借金は残るから、一生懸命稼がないとね」

と先日、奈美はいっていた。

むろん、三日後の小木曽との話し合いのときは店を休んでくるとのことだ。

「奈美さんに会ったというのは、きょんちゃんのことでか」

単刀直入にいう行介に、

「やっぱり、誰の子供なのか気になってな。それでまあ、臆面もなく出かけていって話をしてきたんだが」

蚊の鳴くような声を島木は出した。

「それで、奈美さんは何といったの。どんな結果になったの」

「それが……」

島木は視線を宙に漂わせた。

そのとき奈美は——。

「誰の子なのか、何とか奈美さんの考えを教えてほしい」

と平身低頭して懇願する島木に奈美も頭を下げ、

「ごめんなさい。悪いとは思ったけど、二股なんか掛けてしまって。でもあのときは、これを逃したらチャンスはもう二度とこないと思いこんで……」

いかにも申し訳なさそうにいった。

「それはいいんです。こちらも妻帯者の身で、奈美さんを誘ったんですから、それはいいんです。ただ、きょんちゃんが私の子なのか、それともご主人の子供なのか、母親なら何となくわかるんじゃないかという気持もあります。それで恥も外聞もなく、のこのこ押しかけて……」

必死の思いで口にした。

「あのときは本当に、島木さんと前の主人がみごとに重なってしまって……だから本当に、きょんちゃんがどちらの子であるかは、私にもわからないんです」

奈美は声を振り絞っていった。

「そうですか、やっぱり、わかりませんか」

島木は大きく肩を落す。

「でも、たとえ島木さんの子であったとしても、今後この件で、島木さんにご迷惑はおかけしません。その点はご安心ください」

「いや、そういうことではなくてですね、もし、きょんちゃんが私の子であるなら、そこはやはり情愛といいますか責任といいますか、そんなものが湧いてきます」

なおも食い下がる島木に、

「本当にごめんなさい。やっぱり、いくら考えても、私にはわかりません……」

奈美はこういって何度も首を振った。

そして別れ際には、

「島木さんて、浮気性のくせに真面目なんですね」

と奈美はいったという。

「島木君は、真面目か――なるほどね」

話を聞き終えた冬子が、感心したような口振りでいった。

「何だよ。その、なるほどねっていうのは」

すぐに島木が声をあげた。

「よく考えてみると、島木君と事をおこす女性はみんな、島木君のその真面目さに惹かれるんだろうなと思って」

冬子のこの言葉に、すぐに島木が反論した。

「真面目さじゃなくて、俺の場合は優しさだよ」

「優しさ、イコール真面目とはいい切れないけど、真面目さはそのまま優しさに繋がるものなのよ。島木君と浮気をする女性は、みんなそのことがわかってるのよ」

「何なんだよ、それ。俺には冬ちゃんのいってることがよくわからないんだけど」

島木は怪訝な面持ちを浮べる。

「ちょっと、私、嫌なことをいうけど」

冬子はこう前置きして、

「本当に奈美さんは、きょんちゃんが誰の子かわかってないのかなって。本当は奈美さん、二股なんかしてないいんじゃないかなって」

とんでもないことを口にした。

「それって、誰の子かわかってるのに、奈美さんは知らない振りをしてるということなのか」

呆気にとられた口調で島木がいう。

「さっきの奈美さんの最後の言葉を聞いたとき、ふとそんな考えがね」

「ということは、きょんちゃんは俺の子じゃないっていうことになるのか」

勢いこんでいう島木に、

「そうとはいえない。誰の子なのか二通りの結果次第で……」

冬子は掠れた声を出す。

「父親がご主人の場合——わかっててもいわないのは、奈美さんのしたたかさかもしれないけど、父親が島木君の場合は——」

島木の喉が、ごくりと鳴った。

「逆に、奈美さんの優しさなのかもしれない……だから、やっぱり誰の子供なのかはわからない」

大きな溜息を冬子はもらしてから、

「ああ、私、段々嫌な女になっていく気がする。気持が落ちこむ」

呟くように口にした。


小木曽がくる前日の夕方。

志織と金本が珈琲屋に顔を見せた。

カウンターの前にいるのは、沈んだ表情の島木だけだ。二人は島木の隣に、そっと腰をおろす。金本の顔色が悪かった。

「どうしたんですか、金本君。随分顔色が悪いようですが」

サイフォンをセットしながら、行介は口を開く。

「こいつが、びびりまくって。それが私にも伝染して、毎日がお通夜のありさま」

何でもないような口調で志織はいう。

「びびりまくってというのは、当然明日の件ですよね」

島木が暗い表情で訊く。

「そう。明日の件。その日が近づくにつれて、こいつの様子が段々おかしくなってきて、一言でいえば、小木曽恐怖症。まあ、気持はわからないでもないけどね」

志織は隣の金本の脇腹を、肘で突《つつ》く。

「すみません。根が臆病なので」

うつむいたまま、金本は答える。

「気持はわかりますが、何も金本君一人で小木曽さんに会うわけじゃありません。私もいますし、第一、行さんが一緒です」

島木が励ますようにいう。

「それはそうなんですが、指のほうが……」

「ユビ？」

と口にして島木は少し考えこみ、

「あっ。ゼニ、ユビ、ケジメの……」

そういってから沈黙した。

「金のほうは多分、二百万ほどでも小木曽さんは許してくれる気がするんですが、指のほうはとても見逃してくれるとは思えません」

泣きそうな声でいって黙りこんだ。

少しして、行介は湯気のあがるコーヒーを、志織と金本の前に置く。そして今日は、自分の分も……。

「まずはこれを飲んで、落ちついて」

いつも通りの声で行介はいった。

しばらくコーヒーをすする音だけが響き、半分ほど飲んだ志織が声をあげた。

「やっぱり、ここのコーヒー、おいしい」

また肘で金本の脇腹を突く。

「あっ、本当においしいです。俺もこんなおいしいコーヒーは生まれて初めてというか、恐縮するというか、本当に偉大というか」

金本が訳のわからない言葉を並べたてる。

「それは、ありがとうございます」

行介が礼を述べて笑うと、

「あの、それから」

いい辛そうに金本は言葉を出して、うなだれた。

「明日、小木曽の兄貴は必ず、俺に指をつめろと迫ると思うんですけど、俺にはそんな怖いこと、とてもできるはずが……」

「私は指の一本や二本で話がまとまるのなら、勇気を出してやれっていってるんです。でもよく考えてみると、組を抜けたあと、ちゃんとした仕事を探すときにけっこう影響が出るんじゃないかって」

志織の言葉に、島木がすぐに反応した。

「確かにそれは、ありますな」

「でしょう。指がないってことは、ヤクザだった証拠のようなもんだから」

志織は大きくうなずき、

「それもあって、マスターにちょっとお願いがあります」

真直ぐ行介の顔を見つめた。

「私たちを助けてください。先日、マスターは小木曽さんとは自分が話をつけると、いってくれましたし、話がどうなるかは小木曽さんと会ったとき次第ともいってくれました。その言葉を信じて、もうマスターにすがるしかないと。どうか私たちを助けてください。何といってもこいつは、ヘタレの半端者ですから、お願いします」

一気にいって志織は金本の背中をばんと殴りつけ、二人は同時に立ちあがって行介に思いきり頭を下げた。

そういうことなのだ。二人は明日を控えて、行介の言質《げんち》を取りにきたのだ。むろん、行介にしても、志織や金本が小木曽に太刀打ちできるとは最初から思ってはいない。だが、こうして面と向かって懇願されると、正直行介の胸にも不安感が湧いてくる。小木曽は相当怖い人間。行介自身もそう思う。あの獣のような目と、あの雰囲気。しかし――。

「何とかするつもりです。どんな結果になるのかはわかりませんが、何とかはします」

こんな言葉を出して、シンク脇のカップに手を伸ばしてごくりと飲んだ。

「ありがとうございます」

志織と金本は同時にいって、すとんと丸イスに腰をおろした。

「大丈夫ですよ、宗田さんなら」

顔中を笑みにして嬉しそうにいう金本を見て、思わず行介は苦笑を浮べる。

「あっ、まるで余裕ですね」

明るい声で金本はいうが、もちろん、余裕などではない。金本たちの調子の良さに、顔の筋肉が緩んだだけのことだ。

「それと、宗田さんには余計な忠告でしょうが。小木曽の兄貴は匕首遣《ドス》いの名人といわれていて、あの人が匕首を手にしたら、もう誰にも止められないそうなんです。だからそのあたりは充分に気をつけて」

金本が急に饒舌になった。

「特に小木曽の兄貴が匕首を腰だめにしたら——これはもう防ぐ術はないとヤクザ仲間ではいわれています」

金本はいうが、これでは小木曽礼讃だ。

「それに、これは組内の噂なんですが——五年ほど前から、小木曽の兄貴は死に場所を探してるんじゃないかって」

「死に場所！」

思わず行介が声をあげると、

「そのころ、兄貴の奥さんが自殺して……」

それだけいって、金本は慌てて口をつぐんだ。

「大丈夫か、行さん。そんな物騒な男を相手にして」

すぐに島木が心配そうな声をあげる。

「大丈夫ではないが、何とか対応しないとな。むろん、話し合いで収まるように極力努力はしてみるつもりだ」

呟くようにいって、またコーヒーカップに手を伸ばす行介に、

「だけど……」

と島木がいったところで「あらっ」と志織が声をあげた。

「島木さん、どうしたの。けっこう顔色悪いように見えるけど」

まるで、初めて島木の存在に気づいたようなことをいった。

「これは、何というか、昨日奈美さんに会ってきた結果というか……」

言葉を濁す島木に、

「奈美さんに……ということは、母親なら誰の子供かは何となくわかるんじゃないかということ、あの件ですね」

さらっと志織はいった。こういうことには、けっこう頭が回るようだ。

「ええ、まあ」

「それで、結果はどうなったの」

興味津々の顔で訊いてきた。

「それが、いくら母親でもそこまではわからないと奈美さんは」

掠れた声で島木は答える。

「なるほど、そうか。それなら」

志織は島木の顔を睨んだ。

「あとは、医学的な検査だけですよね。島木さん、本当のことが知りたいのなら検査を受けてみたらどうですか」

はっきりした声でいった。

島木の顔色がさらに悪くなった。

「医学的な検査か……」

呟くような声のあと、島木は宙を睨みつけた。


小木曽が珈琲屋にくる当日。

行介は店を六時で早じまいし、表の扉に『閉店』の札を掛けてなかに戻る。

カウンターの前には志織、金本、島木の顔が並んでいる。奈美は冬子の店に行き、今日子と会ってから、冬子と二人でこっちにくるということだった。

カウンターの前に座る三人は、さすがに落ちつかない様子だ。一番早くやってきた島木は、すでにコーヒーを二杯飲んでいる。島木はどうやら、今日子の医学的な検査を奈美に提案するつもりらしい。

じりじりとした時間が過ぎる。

六時半頃、奈美と冬子がやってきてカウンター席に合流する。

「ごめん、遅くなって――きょんちゃんがなかなか奈美さんを離さなくてね。あげくの果てに自分も一緒に行くといい出して」

冬子はこういってから、

「子供ながらも、今日が何か特別な日だと察しているみたいだった。とにかく一、二時間で戻るから二階でゲームをやっててといい聞かせて、ようやく抜け出してきた」

肩で大きく息をした。

「あの子は、なかなか勘の鋭い子だから、奈美さんの緊張した様子を見て、何かを感じとったんだろうな」

そういって行介がカウンターの端に座った奈美の顔を見ると、やっぱり青ざめていた。

「すみません。いざとなるとやっぱり怖くて。平気な顔などはできませんでした」

奈美は体を、ぶるっと震わせた。

「気持はわかります。まずはコーヒーを飲んで、心を落ちつけましょう」

行介は手際よく、サイフォンからカップにコーヒーを注ぎ、奈美と冬子の前にそっと置く。そして自分のものも――。

「ありがとうございます。いただきます」

と頭を下げる奈美に、

「奈美さん、先日は失礼しました。あの、それから……」

島木が上ずった声をぶつけた。あのことをいうつもりだ。

「いえ、こちらこそ」

軽く頭を下げる奈美に、

「あの、何といいますか――その、今日は頑張ってください」

島木はこんなことを口走った。なかなか、いえないようだ。

時間が七時に近づいた。

「行ちゃん。今日はコーヒーを飲んでも、なかなか心が落ちつかない」

冬子が悲鳴のような声をあげた。

「俺もそうだ。さっきからコーヒーを何度も口に含んでいるが、落ちつく気配はまったくない。とにかく、腹を括るよりしようがない」

よく通る声でいった。

七時になった。

扉の鈴がちりんと鳴った。

小木曽がやってきた。

異質な雰囲気をまとった体が、カウンターに近づいた。

「これは、みなさん。お揃いですね」

何でもない口調で小木曽はいった。

「ご苦労さんです、小木曽さん。お話は奥の席でということで」

丁寧にいう行介に、

「わかりました。それなら当事者の奈美さんと金本、それに後見役の宗田さんの三人でということでお願いします」

いうなり小木曽は奥の四人席に向かい、座りこんだ。金本と奈美、それに行介があとにつづいた。

「じゃあ、金本と奈美さんは私の前に、宗田さんは隣のテーブルに座ってください」

いわれた通り、行介たちはそれぞれの席にそっと座りこむ。金本の体が小刻みに震えているのがわかった。

「お話の前に、コーヒーを一杯いかがですか。小木曽さん」

行介は声をかける。

「やめておきましょう。テーブルの上に割れ物があると、荒事がしにくくなりますので」

抑揚のない声で小木曽はコーヒーを断り、

「お初にお目にかかります、奈美さん。小木曽といいます。以後、見知りおきをお願いします」

じろりと奈美を見るが、奈美は視線を膝に落したまま身動《みじろ》ぎもしない。金本同様、体が震えているのがわかった。

「じゃあ、とにかく手短に話をするので、その点、よろしく」

小木曽はこう前置きをしてから、淡々と話をつづけた。

「大体の話は通じていると思いますが、奈美さんの元のご主人が金本からかすめ取った三百万の件——これは一説では三千万に跳ねあがっていますが、当人同士の話し合いで、私の断りなしに元金の三百万の分割払いになった。そうですね、奈美さん、金本」

奈美と金本は、ぎこちなくうなずく。

「もうひとつは、金本がヤクザを抜けたいという件——そういうことだな金本」

小木曽の言葉が少し荒っぽくなった。

震えながら、わずかに金本がうなずく。

「これで、この二つの件は両方とも私の持物になったわけですが、では、その判断をどうするか」

小木曽は奈美と金本を睨むが、二人ともうつむいたままで、目を合せようとはしない。

「結論を簡単にいえば、三百万の件は二人の好きなように処理してもらってけっこうです」

意外な言葉が小木曽の口から出た。ほっとしたように奈美が顔を上げ、小木曽を見るとすぐにうつむいた。

「ありがとうございます」

蚊の鳴くような声が聞こえた。

「次に金本の件だが、ヤクザを抜けたいのならそれでいい。初めからお前にヤクザは無理だったし、もっと早くに引導を渡してやるべきだった。そんなこともあって、組への納金はなくていい」

これも意外な言葉だった。

「兄貴っ！」

金本が喜びの声をあげたが、

「話は最後まで聞け！」

小木曽のドスの利いた声が響いた。

「納金はなくても、ヤクザの筋だけは通してもらう。それがお前の最低の義務といえるものだ」

また、金本の体が震え出した。

小木曽が上衣の懐に右手を入れた。

何かを出すつもりだ。立ちかける行介を、

「早まるんじゃねえよ、宗田さん。話は最後まで聞くもんだ」

小木曽の押し殺した声が飛んだ。ヤクザそのものの声だった。

小木曽は懐から何かを抜きとった。

白鞘の匕首だ。

鯉口を切り、抜身の匕首と鞘を小木曽はそっとテーブルに置いた。

「金本っ、小指《エンコ》一本、そいつで飛ばせ。それで何もかもチャラにしてやる」

静かにいい放った。

金本の震えが大きくなった。奈美の体も震えている。

「金本が無理なら、奈美さん。あんたの小指でもいい。事の起こりは、あんたの方なんだからな。すぱっと飛ばせばそれですむ。それですべてが丸く収まる」

奈美の顔が蒼白になった。

血の気がまったく失せている。

行介は立ちあがった。

「小木曽さん。それはいくら何でもやりすぎだ。奈美さんは素人だし、金本君はヤクザにもなれない気弱な人間だ。その二人に、そんな無茶なことをいっても」

「無茶は承知の申し入れだ。それとも宗田さん。後見人のあんたの指でも、私は一向にかまわないんだがねえ」

矛先が行介に向かった。

「もし、指を飛ばすのが嫌だったら、私と殺し合いをしてくれてもいいんだよ。さあ、どっちにしますか、宗田さん」

獣の目が行介を見ていた。

金本のいった通りだ。この男は最初から自分と闘うのが目的だったのだ。自分と五分の立場で勝負がしたいのだ。

「あんたが嫌だというなら、遠慮なく、奈美さんか金本の小指をもらう。むろん、自分で落してね」

行介は獣の目を睨みつける。

双方とも視線をそらさない。

そのとき、声が響いた。

「私がやるからっ」

甲高い声だ。

後ろを見ると、いつやってきたのか今日子の小さな体があった。行介と同じように獣の目を睨みつけている。

すっと小木曽の前のテーブルに近寄り、抜身の匕首を手にした。右手でしっかりと握りこんだ。

「お母さんを苛めるやつは、私が許さない」

今日子が叫んだ。

「きょんちゃん、何をするの」

奈美も叫んだ。

「きょんちゃん、それは駄目だ。早くその短刀を俺に渡して」

行介が今日子に近づこうとすると、

「くるなっ」

と今日子が匕首を行介に向けて吼えた。

「ほうっ。今日子ちゃんがその匕首で、自分の指を落すのか」

小木曽が驚きの声をあげると、

「違うっ」

今日子は両手で匕首を握りこみ、じりっじりっと小木曽に向かって進んだ。

「私を刺すつもりなのか、今日子ちゃんは」

淡々とした口調だった。

「駄目だ、きょんちゃん、そんなことをしたら」

行介が叫ぶと同時に、

「黙れ、誰も手出しをするな」

小木曽の一喝が響き渡った。

不思議な一喝だった。渾身の一喝といってもいい。行介はその場から動けなかった。まるで金縛りにあったように、その場で固まった。カウンターにいた、冬子たちも周りに集まってきていたが、誰も動こうとしなかった。

今日子が小木曽のすぐ前に立った。

が、それ以上、今日子は動かなかった。目から大粒の涙がこぼれ落ちた。

「いい子だ。子供はそんな物を手にしちゃあ駄目だ」

小木曽は優しくいうと今日子の手から匕首をそっと取り、テーブルの白鞘に納めた。とたんに、今日子がわあっと泣き出して奈美の胸に飛びこんだ。

「私の負けのようだ。子供にゃ勝てない。あとは宗田さんに任せる。好きにしてくれ」

匕首を懐にする小木曽に、

「小木曽さん。あんた、ひょっとして、死ぬためにここにきたんでは」

嗄れた声を行介は出した。

「何を莫迦なことを」

小木曽は、ふわっと笑った。

沈黙が流れた。

「どうですか。熱いコーヒーを一杯飲んでいきませんか」

行介は柔らかな声でいった。

小木曽が苦笑する。

「私は人間の屑《くず》です。この場でコーヒーを味わえるような、真っ当な人間じゃない。ですから遠慮しておきますよ」

「私も人を殺している身ですよ」

行介がぽつりというと、

「多分、何かの間違いでしょうね」

そういって小木曽は背中を向けた。

「宗田さん、子供っていうのはいいねえ」

呟くようにいう大きな背中が小さく見えた。


小木曽が店を出ると、すぐに行介の周りに冬子たちが集まった。

「いやあ、行さん。凄い展開になったな」

興奮気味にいう島木に、

「ところでお前。奈美さんに例のことはいったのか」

気になっていたことを訊いてみた。

「あれは諦めた。世の中には知らないことがあってもいいかと思って」

淡々とした口調だった。

奈美も志織も金本も、そして今日子も――みんな毒気の抜けた、いい顔に見えた。

「行ちゃん。大事にならなくてよかったね」

嬉しそうにいう冬子に、

「冬子。子供はいいなあ、本当にいいなあ」

顔中を笑みにして行介はいった。

「えっ、今、何ていったの」

ぽかんとした顔で、冬子が行介を見ていた。

解説

吉田伸子（書評家）

お待たせしました。『珈琲屋の人々』シリーズ第六作「遠まわりの純情」です。

本シリーズの第一作めとなる『珈琲屋の人々』が刊行されたのが二〇〇九年（文庫化は二〇一二年）なので、シリーズ開始から今年で十五年。第十一回小説すばる新人賞受賞作である『走るジイさん』で池永さんがデビューされたのが一九九九年なので、本シリーズは、池永さんの作家人生の半分近くを並走してきたことになる。池永さんにとって、アイコンのような作品なのでは、と思う。

シリーズの骨子は、「珈琲屋」という名の喫茶店を営む行介と、店を訪れる人々のドラマだ。行介には義憤にかられて人を殺めてしまい、服役していたという過去がある。出所後、父親が営んでいた店を継いだ行介を、昔と変わらずに受け入れたのが、行介の幼馴染みであり、商店街で「アルル」という洋品店を営む島木と、「蕎麦処・辻井」の冬子だった。

島木は「自他ともに認める、商店街一のプレイボーイ」であり、これまでに何度もやらかしている。行介ががちがちの硬派だとすれば、島木はザ・軟派。見知らぬ女性であろうが、自分のアンテナに引っかかれば、即ちょっかいを出さずにはいられない。女にだらしない、とは島木のためにあるような言葉なのだが、飄々とした言動もあいまって、不思議と憎めないキャラだ。

冬子は、服役する前の行介と付き合っていた。服役中に図らずも他家へ嫁したのだが、行介への想いを断ち切れず、わざと浮気をして婚家を追われるように仕向け、実家に出戻って来た。誰もが目を奪われる美貌の冬子だが、彼女の目には行介しか映っていない。

この島木と冬子がシリーズのレギュラーで、「珈琲屋」に来る人々が抱えるものを受け止める行介にとっての、セーフティネットのような存在になっていた（島木は自らのやらかしで、時折行介を悩ませつつ）のだが、本書の第一話を読んで、おやっ、と思った。島木と冬子が、これまでのシリーズよりも、前面に出て来ている印象を受けたのだ。

その想いは、第二話、第三話、と読み進めていく上で、さらに強くなる。そこで、はたと気がついた。シリーズ六作めの本作は、もしや『珈琲屋の人々』第二章の幕開けなのでは、と。島木も冬子も、持ち前のキャラはそのままなのだが、「珈琲屋」にやってくる人々に、以前よりも主体的にかかわっていくことで、訪れる人々のドラマをさらに広げていく。そんな池永さんの意図があるのでは、と。

このシリーズには七話が収録され、かつ、一話と七話がリンクする、という仕掛けがあるのだが、本書の一話で蒔かれた種、というのが、今日子という名の五歳の少女だ。下の名前は名乗ったものの「ママが、余計なことは喋るんじゃないっていったから」と苗字は「いえない」と突っぱねる今日子は、スカートのポケットから封筒を取り出して、「ママから、これ、おじさんに」と行介に渡す。封筒の中には「珈琲屋のみなさんへ。しばらく、この子を預かってください。お願いします。この子は……」という文が書かれた一枚の便箋が。

この文章が「行介さんへ」ではなく「珈琲屋のみなさんへ」となっていることに、注目。読み返してみて「！」となった。この段階で、手紙の書き手は、珈琲屋＝行介、ではなく、珈琲屋＝行介、島木、冬子、と認識している、ということなのだ。それは、池永さんがさりげなく読者に示した「第二章」宣言だったのだ。

「この子は……」の後に続くのは「あなたの子供です」という言葉なのではないか、と冬子は行介を疑うも、今日子の年齢からいって、行介が服役中に生まれた子どもであり、行介が父親であることはない。となると、島木である。「どうなの、島木君。身に覚えはあるの、ないの」と詰め寄る冬子に、島木の顔は青ざめる。「そりゃぁ、ないといったら嘘になるけど。しかし、六年前というと……すぐには相手が誰なのか……」。

結局、今日子は冬子が預かることになるのだが、この今日子という女の子の存在が、本書の全体を通じて、鍵となってくる。

やがて、〝六年前の女性〟が、当時は三十三歳で離婚したばかりという、渋谷のキャバクラに勤めていた神谷奈美であることを思い出した島木は、奈美の行方を調べるために、渋谷のキャバクラに出向く。

冬子は冬子で、母親と離れたことで傷ついた今日子に寄り添おうとする。もし今日子が自分の娘だったら、と気を揉む島木に、もしそうであったら、まずは今日子を認知して、それからその女性を選ぶのか、奥さんが許してくれるなら奥さんを選ぶのか、腹を据えて、じっくり考えてみないと、と言い含める。

今日子の登場によって、行介の心もまた揺れる。子どもと暮らしたことがない冬子が今日子の世話をするのを見るにつけ、冬子に対する不憫な想いが募ってしまうのだ。自分と結ばれ、叶うなら子どもも、という冬子の気持ちは、痛いほどわかる。それでも、行介は、自分が人を殺めた過去は消えないし、そんな自分が冬子と幸せになることは、許されないことだと思っている。

第二話では、同棲相手の子どもを妊娠したものの、堕胎しようと思っている唯子が、第三話では、結ばれなかった恋を四十年以上も大切な思い出として大事にしている修造が、第四話では自殺願望を抱えている、高校を中退した十七歳の美沙が、それぞれの想いを抱いて「珈琲屋」を訪れる。

第五話では、奈美と渋谷のキャバクラで一緒に働いていた志織が、第六話では、会社が倒産し、保険金を妻と息子に残すために自死を考えている隆一が「珈琲屋」を訪れ、最終話では、奈美の失踪の鍵を握る小木曽というヤクザが訪れる。

これまでは、行介がメインでかかわっていた彼らのドラマに、島木と冬子が以前より深くかかわっていく。そのことが自然な流れとして読者の胸に落ちていくように、今日子という〝謎〟が据えられているのだ。読者を意識した上でのこの塩梅が絶妙だ。

各話の要所要所で、行介が「熱いですから」と、ひと言添えて供する珈琲もまたいい。「珈琲屋」の珈琲はサイフォンで淹れられているので高温で、香りも立つ。そのふくよかな香りが、ざわざわと騒ぐ心をそっと落ちつかせてくれるのだ。

はたして、今日子の父親は誰なのか。そして、今日子と奈美の母娘は、再び一緒に暮らせるようになるのか。そして、今日子に接する冬子を見て、行介に変化は訪れるのか。

シリーズを読み継いできた読者にとって、行介と冬子の関係がどうなっていくのか、は大きな読みどころでもある。頑ななまでに幸せになることを自分に禁じている行介の心が、いつか解けて冬子と結ばれる日が来るのか。その日を願う心と、いやいや、行介にはたとえ痩せ我慢だとしても、このままぐっと耐える男の背中を見せ続けて欲しい、という気持ちと。世の中が明るくなる兆しがまだまだ見えないこんな時代に、一人くらい行介のように不器用な生き方を貫いている男がいてもいいと思える反面、同性としては冬子の歯痒さも辛さもわかる。そんな読者は、私だけではないだろう。

それにしても、行介という大きな楔が、どれだけの人の気持ちを救ってきたのか、と思う。物語のなかに登場する「珈琲屋」の客だけではなく、本シリーズを読む私たちもまた行介の存在に救われて来た。いや、行介だけではない。本当は激しいものを胸の内に秘めている冬子が、ぐっと堪えて行介の翻意を待ち続けるその気持ちにも、いつまで経っても懲りずに女性のお尻を追いかけてしまう、そのくせ恐妻家の島木にも、その飄々としたスタイルに私たちは救われてきたように思う。

胸の内を明かしてくれた相手のために、時に自らの身体を張ることも躊躇わない行介のその存在が、島木と冬子のさらなる加勢を得て、ここからどんな第二章になっていくのか、ますます楽しみなシリーズとなった。

初出

羨望　「小説推理」23年3月号・4月号
すれ違い　「小説推理」23年5月号・6月号
遠まわりの純情　「小説推理」23年7月号〜9月号
居場所　「小説推理」23年10月号・11月号
今日子の父親　「小説推理」23年12月号・24年1月号
中年エレジー　「小説推理」24年2月号・3月号
希望　「小説推理」24年4月号・5月号

本作品は文庫オリジナルです。
作中に登場する人物、団体名は全て架空のものです。

双葉文庫

い-42-08

珈琲屋《こうひいや》の人々《ひとびと》
遠《とお》まわりの純情《じゅんじょう》

2024年10月12日　第1刷発行

【著者】
池永陽《いけながよう》
©You Ikenaga 2024
【発行者】
箕浦克史
【発行所】
株式会社双葉社
〒162-8540 東京都新宿区東五軒町3番28号
［電話］03-5261-4818（営業部）　03-5261-4831（編集部）
www.futabasha.co.jp（双葉社の書籍・コミックが買えます）
【印刷所】
大日本印刷株式会社
【製本所】
大日本印刷株式会社
【カバー印刷】
株式会社久栄社
【DTP】
株式会社ビーワークス

【フォーマット・デザイン】
日下潤一

落丁・乱丁の場合は送料双葉社負担でお取り替えいたします。「製作部」宛にお送りください。ただし、古書店で購入したものについてはお取り替えできません。［電話］03-5261-4822（製作部）

定価はカバーに表示してあります。本書のコピー、スキャン、デジタル化等の無断複製・転載は著作権法上での例外を除き禁じられています。本書を代行業者等の第三者に依頼してスキャンやデジタル化することは、たとえ個人や家庭内での利用でも著作権法違反です。

ISBN978-4-575-52796-4 C0193
Printed in Japan